JN178440
偽りの
仮面と、
絵空事の君
A false mask and imaginary you
[著] 浅白深也　[絵] あろあ

「羽柴くんと藤城くんが
話してるところは見たことがないよ」
白ノ瀬澪
しろのせ・みお
「孤独じゃないことを証明して
もらおうとしたっていうか」

「同じクラスというだけで
あまり話したこともないですけど」
藤城遠也
ふじしろ・とおや
羽柴亮介
はしば・りょうすけ

「わたしたちもさっき来たばかりですよ」
外園志穂
ほかぞの・しほ
冬雅深月
とうが・みつき
「なんでこの不良がいるんですか⁉」

「みんなぁ、わたしが来たぞぉお!」
星宮 夢
ほしみや・ゆめ

「遠也くんが悪く言われるよう
だったら私が全力で援護するよ」
夕凪 茜
ゆうなぎ・あかね

「微睡みの中にいたからムリ」
世良円
せら・まどか
「ま、あんたのことは嫌いだけど」
柏木玲奈
かしわぎ・れいな

演 Program 目

Reina Kashiwagi / Madoka Sera / Mitsuki Touga
Shiho Hokazono / Yume Hoshimiya / Mio Shironose / Ryousuke Hashiba
[Special Thanks]
Tohya Fujishiro / Akane Younagi

偽りの
仮面と、
絵空事の君

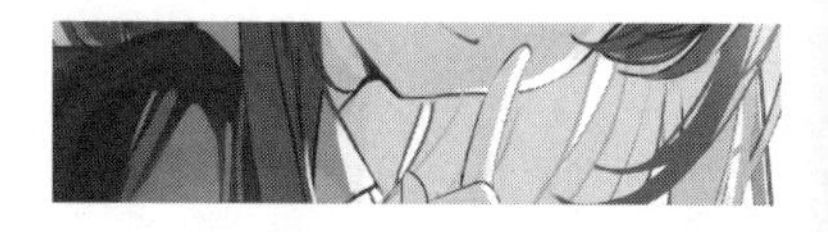

A false mask and
imaginary you

Shinya Asashiro
and Aroa
presents

［著］浅白深也
［絵］あろあ

序章 Prologue

とある金曜日の昼休み。

校舎の中庭にあるベンチで先輩と昼食をとっていた時だ。

「演劇部のゲームですか?」

俺が箸を動かす手を止めて聞き返すと、先輩はいつもの穏やかな笑みを浮かべて「うん」と頷く。

「部活内で来週からゲームをするらしくて、今朝玲奈から参加しないかって誘われたの。私は二つ返事でオーケーしたんだけど、よければ遠也くんも一緒にどうかなと思ってね」

「ゲームって具体的にどんな感じの?」

「私も詳細なことは聞いてないんだけど、推理ゲームって言ってたよ。面白そうじゃない?」

なるほど。現在ミステリー系のものにハマっている先輩がすぐに参加を了承したのも納得だ。

先輩――夕凪茜先輩は俺より二歳年上の三年生で、俺の恋人だ。ひと月半前に初めて出会い、それから様々な出来事を通じて両想いになれた。

人柄は明るく温厚で、見ず知らずの他人に対しても親身になれるほど心根の優しく、まさに非の打ち所がない……と思いきや、時折天然な言動を見せることがあり、これがまた愛らしい。そのうえ容姿も目を引くほど美人なので、おそらくこの久峰高校一の有名人といっても過言じゃない。

結論、大して取り柄のない俺には不釣り合いなほど素敵な人なのだ。

「すごく面白そうですね。……でも遠慮しておきます。俺がいたら邪魔になるから」

俺も推理系は好きだからこの誘いは嬉しいのだが、残念ながら自分の立場的に快諾できない。

今の俺には極悪不良という悪い噂が学校中に流れているから。事実無根の冤罪にもかかわらず、教師と生徒のほぼ全員が信じてしまっている。そうじゃないのは先輩含め四人ほどだけだ。

なぜそうなってしまったのかは思い出しただけでも腹が立つから省くが、これまでそう見られてもおかしくない言動を何度も取ってきた手前、なかなか払拭することがままならない状況だ。

さらにそんな学校一の嫌われ者が学校一の有名人と付き合ったわけだから、俺に対する周りの嫌悪感はますますアップしているはず。俺がいればせっかくの楽しいゲームが台無しになるだろう。

現に今も、校舎のほうに目を凝らせば数人の生徒が窓からこちらを覗いている。硬い表情から、とても俺たちの仲睦まじさを祝福しているようには見えない。

やっぱりどう考えてもひと悶着する未来しか見えねぇ。それに演劇部にはあいつもいるし。

だが先輩は相変わらずの楽観的な態度だ。

「そんなことないよ〜。部長の玲奈に参加許可だって貰ってるから心配しないで」

「え、そうなんですか。あの玲奈先輩が……」

柏木玲奈。先輩と同級生の親友で、ズバズバと物を言うおっかない人だ。先輩のことを大切に思っているがゆえ、特に俺に対しての当たりがきつい。

俺のことを一番毛嫌いしていそうなのに。まぁきっと先輩が無理を言ったのだろうけど。

「でも他の部員たちは知らないわけですよね。絶対に何かしらのリアクションはされますよ」

「もしそれで遠也くんが悪く言われるようだったら私が全力で援護するよ」

「だから、ね。一緒にやろ」と上目遣いで懇願してくる。

たしかに先輩は周りからの信頼が厚いし、あの頑固な玲奈先輩をも説き伏せたわけだから俺がいたところでゲームが中断するような展開にはならないか。

それに年上とは言え恋人にここまで言わせるのは、なんだか自分がチキン野郎に思えてくる。

俺が参加することで先輩が喜んでくれるのなら罵詈雑言なんでも御座れだ。

「分かりました。参加します」

「ほんと！　やったぁ」

パァッと顔を輝かせて嬉しがる。……この見惚れるほど可愛い表情が見れただけでも参加する甲斐があるな。

「それじゃあ放課後、演劇部の部室で集まることになってるから一緒に行こっか。遠也くんは教室で待ってて、私が迎えに行くから。ちょっと用事で遅くなっちゃうかもだけど」

「あー……急がせるのは悪いので各自で行きましょう」

俺と部員たちが衝突しないよう気遣ってくれるのはありがたいが、そこまで頼るのは悪い。あと先輩は色々な意味で有名人だから必然的に目を引くわけで、クラスのみんなから変に注目されるのも恥ずかしいし。

「そう？　分かった。部室は特別棟三階の視聴覚室だよ」

「たしか美術室の隣でしたっけ？」

「うん。ここのところ顧問の先生は忙しくていつも遅れてくるそうだし、慌てなくても大丈夫だからね」

どこか子供みたいにわくわくした様子の先輩を見て、ようやく楽しむ気持ちが湧く俺だった。

＊＊＊

帰りのホームルームが終わり、ゲーム仲間の深森と少し喋ったあと、演劇部の部室に向かう。

一年から三年までの教室がある普通棟から、渡り廊下を通って、音楽室や物理室などがある特別棟に行く。

そのまま階段を上って二階に行こうとしたところで。

「────ッ！」

先の踊り場に玲奈(れいな)先輩の姿があって、急遽(きゅうきょ)足を止めた。

しかし急停止したことで、スリッパとリノリウムの床に摩擦が生じて『キュッ！』と小鳥の鳴き声のような音が鳴り響いてしまい、玲奈(れいな)先輩がこちらを振り返ってくる。

そして俺であることを認識した瞬間、まるで汚物を見るように無表情の顔を顰(しか)めた。

──し、しまった……気まずい……。

玲奈(れいな)先輩とは不仲のままずっと面と向かって話していない。移動教室などで擦れ違うことは幾度もあったものの、先輩に止められているのかもしくは他に人がいるからか派手なアクションは仕掛けてこなかったが、かならず睨みつけては来たし、俺に対する不満は溜まりに溜まっているはずだ。

今は二人きり。脳裏に喫茶店で言い合いをした出来事がフラッシュバックする。言葉を交わせば精神を削り取られる。

この人と相対したときは逃げるのが正解だ。よし、そうしよう。

「待てこら」

無言で回れ右をしたところで、頭上から制止の声が降りかかってきた。冷静で小さな音量ながらもドスが利いていていて思わず足を止めてしまう。

おそるおそる顔を上げると、玲奈先輩は不機嫌を表すように腕を組んで仁王立ちしていた。

階段の高低差があるから余計に見下されている感マシマシだ。

「どこに行くのよ？　あんたも演劇部の催しに参加するんでしょ。部室は三階よ」

「い、いやぁ。ちょっとその前にトイレに行こうかと……」

「三階にもあるわよ。戻るよりもそっちに行ったほうが効率的でしょ」

ですよねー……どうしよ、逃げられねぇ。もっとまともな口実にするべきだったか。

玲奈先輩は肯定も否定もできずにその場で固まっている俺を見据えていたが、しばらくすると組んだ腕をほどいて「はぁ〜〜〜」と重苦しい溜息をついた。

階段を下りて俺の目の前まで来る。

「茜から聞いた」

「え、何を……？」

「あんたと付き合うに至った経緯とか、これまで茜が置かれていた状況とか大まかにね」

「――――！　それで……聞いてどう思いましたか？」

先輩の身に起こった出来事はとても現実的でない話だ。俺は旧校舎で独りで泣いている先輩を見かけたからこそ一大事と捉えたが、たとえ親友と言えど鵜呑みにはできなかっただろう。

「正直はじめは、茜があんたを庇うために嘘をついてると思った」

「じゃあ今は信じてると？」

「ええ。嘘にしては見え透いた内容なのと、話すときの茜の態度が真剣だったからね。それにこれまでのあんたの言動にも辻褄が合ったし。…………ほんと、つい数週間前まで会話してたのが茜じゃないなんて……恐怖を通り越して情けないわ」

呆れたように肩をすくめる。

きっと偽者だと気づかなかった自分に対してだろう。特に偽者の先輩を信じきってその手助けをしてしまっていたわけだから、そう思うのも仕方ない。

「あと……何も知らないであんたには嫌なことをいっぱい言った」

ばつが悪そうに目線を逸らしつつ、続けて「ごめんなさい」と口にした。

いきなりのことに反応ができない。しかも相手があの玲奈先輩なら尚更だ。

「……何よ？　呆けちゃって」

「いや、まさか謝られるとは思ってなかったから」

「アタシだって自分が悪いと分かったら素直に謝るわよ」

信じられない。自ら非を認めるなんて。

だが殊勝な態度からして本当に悪いと思っているようだ。

あれほど敵対していた相手に謝罪するのは簡単なことじゃない。普通であれば自分から過去を掘り返すなんて真似はせずになぁなぁで済ませるだろう。それを良しとしないで真正面から伝えてくるなんて……。

玲奈先輩って、もしや真っ当な人なのでは。

きっとそうだ。思い返せば先輩絡みでしか会話をしていないし、加えて俺のことを『先輩を付け回す輩』だと認識していたから酷い対応だっただけで、普段の彼女は誠実で優しい人なのだ。でなければ温厚な先輩と友人になれるわけがない。

今さらながらに玲奈先輩の本質を知り、俺も謝る。

「過ぎた話なので気にしてません。俺のほうこそ今まで生意気なことを言ってすみませんでした」

すると玲奈先輩はフッと小さく微笑んで「お互い様ね」と返した。

つられて俺の顔にも笑みが浮かぶ。

ようやく心から分かり合えた気がし――――

「ま、あんたのことは嫌いだけど」

――――は？

予想外の言葉を投げかけられて唖然とする中、玲奈先輩はいつものつんけんとした態度に戻り、「ほんと茜もなんでこんな奴と……」と明らかな蔑視発言をする。

「……おい、ちょっと待て。今どう考えても仲直りする良い雰囲気だっただろうが！」

「はぁ？　べつに過去の過ちを清算しただけでしょ。あんたと仲良しこよしする気はない」

なに勘違いしてんのキモ、と言わんばかりに片目を細めて不快感を露にする。……こっちは歩み寄ろうとしてんのにこいつぅ……！

　前言撤回。本気で和解できると思った俺がバカだった。やっぱりこいつとは相容れない。

「ていうかあんた、恋人を免罪符に茜に変なことを仕出かしてないでしょうね？」

「してねぇよ！　健全すぎるぐらいだわ」

「衆目がある中でキスを要求するやつの言うことなんて信じられないわ」

「あ、あれは先輩を助けるためだ！　つーか俺と先輩が何をしようとてめぇには関係ないだろ、部外者が口出しすんな！」

「関係大有りよ！　あんたと付き合い始めてからあの子、毎日のように遠也くんが～遠也くんが～って惚気てくんのよ」

「え、そうなのか」

「嬉しがるな！　こっちはひとっつも興味のないあんたのことを聞かされてうんざりしてんのよっ。あんたに茜は釣り合わないの、早く別れろ」

「はっ。先輩を取られて悔しいだけだろ。すみませんね、唯一の話し相手を奪っちゃって」

「唯一じゃないし、三ヶ月も経って未だにクラスどころか学校中から嫌われた孤立野郎に言われたくないんですけど」

「残念、俺にだって友達はいますぅ。それに自分で確かめもせずに他人の言葉を鵜呑みにする奴らなんかに嫌われようがこれっぽっちも気にしてねぇから」

「友達って言っても一人か多くて二人でしょ。強がっちゃってまぁ。あーあ、こんな甲斐性なしのせいで誤解される茜がほんっと不憫でならないわ」

「なんだと！」

「なによ！」

まるで猫の縄張り争いのように啀み合っていたとき、

「玲奈先輩。なにか揉めごとですか？」

背後からそんな男子生徒の声が掛かった。

振り返ると、いつの間にやらそこには一年生の男女二人組がいた。

襟足をちょこっと尻尾のように結んだ金髪に透き通るほど肌が白く端整なルックスの男子生徒と、ゆるふわにしたブロンドのロングヘアーにぱっちりとした大きな瞳の無垢な顔立ちの女子生徒。

どちらも同じクラスで、美少年美少女と名高い人気者。そして片方は見知った仲だ。

「――聞いてくれよ、リョウ。さっきからこいつが俺と先輩の間柄にイチャモンつけ……っ！」

そこで失言に気づく。

――やべぇ！　苛立ちに駆られるあまり、つい渾名で呼んじまった！

リョウは小さい頃からの友人、いわゆる幼馴染というやつだ。

俺の悪い噂が虚言だと信じてくれている反面、自己保身のために俺との関係を隠したがっている。教室で話すことは勿論なく、どうしても学校の用事で話さなければならない時は一クラスメイトを装うほど徹底的だ。

不良の噂が始まった当初はあまりの他人行儀な接し方に薄情者だと罵っていたが、先輩に関するとある事件で俺がより孤立したときに周りの言葉に流されず信じて励ましてくれたこともあり、今は自分の悪い噂に巻き込みたくない気持ちのほうが強かったのだが……失態だ。

「りょう……亮介のこと？　あんたたち仲良いの？」

ちっ、耳聡い。このままだといずれボロが出て俺たちの関係性がバレてしまう。

しかし、さすがのリョウ。このピンチな状況でも顔色ひとつ変えていない。

「いえ。同じクラスというだけであまり話したこともないですけど。……だよね、白ノ瀬さん」

「うん。羽柴くんと藤城くんが話してるところは見たことがないよ」

不思議がる二人。リョウはフリだが。相変わらず俺以外の前だとキャラが違う。

当然、玲奈先輩の疑念の眼差しは俺に向けられる。

「……えーとほら、二人は同じクラスだから俺の日頃の行いを見てると思って、孤独じゃないことを証明してもらおうとしたっていうか」

「じゃあなんで友達でもないのに、あんな馴れ馴れしい呼び方したのよ？」

「そ、そのほうが親密アピールに繋がって信憑性が増すかなと……」

かなり苦しい言い訳に、どうやら頭のおかしいやつ認定されたようで、「そんな意味の分からない行動するから嫌われんのよ」と正論を吐かれる。

なんとかリョウとの関係はバレずに済んだが、代わりに口喧嘩の主導権を握られてしまった。これでは今後何を言われても反論できない。

一方的に罵倒される窮地に立たされるかと思いきや、職員室がある廊下の奥のほうからナイスタイミングにも先輩がやってきた。

俺たち一同を見て小首をかしげる。

「みんな、こんなところで立ち尽くしてどうしたの？」

「べつに何もないわよ。部室に行く途中でばったり会ったから話してただけ」

いけしゃあしゃあと言いやがって。

だが先輩にとって玲奈先輩は大切な友人。犬猿の仲であることが露見して困らせたくはないから「そうなんですよー」と笑みを作って同意しておく。

先輩は、じぃーっと交互に俺と玲奈先輩を見て。

「まぁ喧嘩するほど仲が良いって言うからね。でもほどほどにね」

やんわりと諭されて俺たちはぐうの音も出ない。聡い先輩に隠すのは無理があったか。

『善処します（する）』と返事がハモり、玲奈先輩がキッと睨んできたのでこちらも返す。

「ほらほら、言ったそばから睨み合わない。もう喧嘩はおしまいっ。それよりも玲奈、私と遠也くんのことは二人に話したの？」

「あ、そういやまだだった。亮介、澪。この二人も参加させるけど、いいわよね？」

リョウたちは若干驚いた表情をする。

「え、そうなんですか。でも僕は……」

「大丈夫よ。二人に参加してもらうのはただの人数増やしが理由だから」

「……そういうことなら分かりました」

「羽柴くんが良いなら、わたしはオッケーですよ」

了承する二人。言葉と逆でリョウは不満に感じてそうだなぁ。あとでなんて言われるか。

俺たちの関係や事情を知らない先輩は「二人ともありがとう」と笑顔でお礼を言う。

「白ノ瀬澪ちゃんと羽柴亮介くんだね。たしか二人は四月の頭ぐらいに相談に来たよね」

「わぁ覚えてくれたんですか、嬉しいです！　あのときはわたしの相談に乗っていただけてすごく助かりました！」

「僕もその節はお世話になりました」

「どういたしまして。力になれたようで何よりだよ。今回はよろしくね」

先輩はこちらを振り向いて「ほらほら遠也くんも」と促してくる。

「俺は二人と同じクラスなので知ってますよ」

「あ、そうなんだ。同じクラス……」

何を思ったのか、リョウたちを勢いよく振り返り。

「遠也くんは噂のような人じゃないから、ぜひ仲良くしてくれたら嬉しいなっ」

「は、はい」

「わ、分かりました」

「先輩っ、気持ちはありがたいけどやめてください！」

クラスに馴染めない子供を心配する母親のように思えて小っ恥ずかしかった。

それから、みんなで固まって部室に向かう。二階を通り過ぎて三階の視聴覚室へ。

スチール製の両開き扉を開けて、玲奈先輩を先頭に続々と中に入る。

室内は静謐としていた。広さはおおよそ教室二つ分ほどで、南側の大窓に付けられた遮光カーテンは開けられていて照明なしでも明るい。黒板がある前面には天井から垂れ下がったスクリーンや投影機材が置かれており、教壇の前にはずらりと長机が等間隔に並んでいる。

初めて中に入った。この特別棟は建てられてまだ三年ほどしか経っていないそうだから中学とは比べものにならないほど設備の質が立派だ。周囲の壁もしっかりと防音素材でできているようで、演劇の練習には持ってこいの環境だな。

室内には、すでに二人の女子生徒がいてすぐ目の前の席に座って雑談をしている。胸のリボンの色（この久峰高校では学年ごとにネクタイとリボンの色が違う）を見るかぎり、どちらも二年生のようだ。

　二人は入ってきた俺たちに気づくと、椅子から立ち上がって気さくな様子で手を上げる。

　一人は、ショートにしたダークブルーの髪の女子生徒。目鼻立ちのくっきりした顔つきは美人というよりもイケメンで、女子制服が似合わなく見えるほどだ。

　もう一人は、おさげにして胸のまえで垂らした薄茶色の髪の女子生徒。優しげな垂れ目には赤縁メガネが掛けられており、聡明さや真面目さを醸し出している。

　玲奈先輩が「深月、志穂。二人とも早いわね」と声をかけると、志穂先輩がにこっと笑う。

「玲奈先輩、こんにちは。わたしたちもさっき来たばかりですよ。ね、深月ちゃん」

「そうだね。夢は課題を提出するとかで少し遅れてくるそうで……」

　そこで言葉を区切り、イケメン深月先輩は「茜先輩⁉」と驚くや否や駆け寄っていく。

「もしかして茜先輩も参加するんですか⁉」

「うん。玲奈が誘ってくれたの。久々にみんなと活動ができて嬉しいよ」

「はい！　私もですっ」

　嬉々とした様子ではしゃぐ。そこに先程までの凜々しい雰囲気はなく、今はまるで飼い主に愛想を振りまく子犬のよう。どうやら先輩のことを尊敬している感じだ。

　しかし俺の存在に気づいた瞬間、

「なんでこの不良がいるんですか⁉」

先輩の腕に抱きつきながら獅子のように攻撃的な目になる。遠くのほうでは志穂先輩が驚きに目を瞠って玲奈先輩の背に隠れる。……やっぱりこうなるんだよなぁ。

「私が誘ったんだよ」

「え……どうしてこんな野蛮な人を⁉」

「深月ちゃんひどいなぁ。大切な彼氏を悪く言われると傷ついちゃうよー」

「か、彼氏……そ、そうでした、すみませ………いや、そもそもどうしてこの人と付き合ったんですか⁉　はっきり言って茜先輩と釣り合ってるとは思えません！」

最早この非難も定型句だ。先輩も散々言われ慣れているのだろう、全く動じていない。

「ほんとにそう思うよ。私には不釣り合いなほど素敵な彼氏だもんね」

「違います！　逆です逆っ」

「深月ちゃんたちも遠也くんのことを知れば分かるよ。――ってことで、三人とも自己紹介しよう！」

深月先輩と志穂先輩の手を引いて強制的に俺の前までやって来させる。

「……冬雅深月……よろしく……」

「ほ、外園志穂です……よ、よろしくね……」

先輩の言うことに逆らえない深月先輩は害虫を見るような嫌々とした表情を浮かべ、事の成り行きに流されるまま志穂先輩は恐怖に引き攣った笑みを浮かべる。

「藤城遠也です。よろしくお願いします……」

こんな息苦しい挨拶は初めてだ。仲良くなれる気がしねぇ。

案の定、居た堪れない状況に陥ったとき、不意に勢いよく部屋の扉が開け放たれた。

同時に小柄な女子生徒が躍り出てくる。

「みんなぁ、わたしが来たぞぉぉ！」

ピンチに駆けつけたヒーローの如く、両手を目いっぱい広げた謎ポーズで声高に叫ぶ。

リボンの色は二年生。さっき深月先輩が言っていた夢という人か。

肩で切り揃えられた銀髪に、くりくりとした目とふっくらな丸い輪郭が幼さを強調している。

言動も然ることながらとても俺より一歳上には見えない。

「いつにも増してハイテンションね、夢は」

「玲奈先輩やっほー！　そりゃもうゲームするって聞けば楽しみすぎて課題もガーッとバーッとテキトーに埋めて終わらせたよ！　──あっ、茜先輩だぁ」

タッタッタと忙しない足取りで先輩に近づこうとするが、

「わっ、噂の不良っ！」

びっくりしてサッと一歩飛び退く。怯えながらも「や、やんのかおらぁ」とボクシングみたいに両腕を構えて臨戦態勢に入る。なんというか可愛らしい先輩だな。

そんな彼女を宥めるように先輩が背後から軽く抱きつく。

「夢ちゃん大丈夫だよ～。噂は誤解で、遠也くんは良い人だから」

「でもこの人、前の全校集会のとき茜先輩に酷いこと言ってたよ！」

「みんなからはそう見えたかもしれないけど、本当はあれ、私のためを思って言ってくれたんだよ。わざと悪役を買って出て、私の悩みごとを密かに解決してくれたの」

「そ、そうなの？　じゃあ あの雨の中の出来事は？」

「雨の中の出来事？」

「この人が茜先輩に詰め寄ってるところに演劇部員が駆けつけた時のこと！」

そういえば前にそんなこともあったか。部員たちのまえで玲奈先輩に怒鳴られたんだっけ。

たしかにあの醜態は俺の素行を疑うに十分な理由になる。

先輩は「えーとあれは……」と言いよどむ。あの時にいたのは偽者のほうで、本物の先輩はその場面を知らないから当然の反応だ。迂闊に弁解して状況と違うことを話せば、無理に俺のことを庇っていると見なされかねないから。

かといって当人である俺が口を挟めば逆効果だし……。

「あれはアタシの早とちりよ」

困っていたら玲奈先輩から思わぬ助け船が出る。

「あの時はアタシも噂を信じてたからてっきり遠也が茜に乱暴を働いてると思ったけど、実際は真剣な話をしてただけらしいわよ。そうなんでしょ、茜？」

「そ、そう！　すっごく真剣な話！」

「でもかなり剣呑な雰囲気でしたよ？　この人も無言で立ち去ったし」

厄介にも深月先輩が突っ込んでくるが、玲奈先輩はそれも予想していたようで平然とした姿勢を崩さない。

「話ってのが本人たちの恋愛話だったんだって。で、下手に話して変に情報が流れるのが嫌だから黙ってたらしいわよ。遠也、そうよね？」

「は、はい。俺のことで巻き込みたくなかったので」

「つまりこいつは勘違いされやすいただの変人ってだけ。分かった？」

その余計な一言がなければ頼もしい人なのに……。異を唱えたいが話を蒸し返すことになるからできない。先輩もありがたいような不服なような微妙な顔だ。

すっかり騙されたらしい夢先輩は「そうだったのかッ！」とカルチャーショックを受けたように驚くと、すぐさまこちらに近寄ってきて俺の両手を握ってくる。

「疑ってごめんねっ。改めまして、星宮夢だよ！　より良い関係を築いていこー！」

敵意の消えた満面の笑みで、ぶんぶんと手を上下に振る。ここまで友好的な反応を示してくれたのは先輩以来だ。

「藤城遠也です。こちらこそよろしくお願いします」と清々しく挨拶を返す。ここに来てようやくまともに交流できて感動だ。先輩たちのフォローのおかげでどうにか穏便に事が運びそうだな。……深月先輩だけは未だに睨み据えてくるけど。

「あとは円だけね」

「私はいるぞ」

突如声がしたほう――誰の視界にも入っていなかった室内の隅に俺含めて全員の顔が向く。

そこにはいつの間にか長身の女子生徒が佇んでいた。三年生だ。

腰まで届く絹のようにキレイな黒髪ストレートに、その下の無感情を湛えた顔は欠伸をする仕草さえもどこか儚げに見せてしまうほどの美貌だ。

「円……いつからそこにいたのよ？」

みんなの驚きを代弁した玲奈先輩の問いに、円先輩は背後にある機材が置かれた棚を指差す。

「最初からだ。そこの陰で仮眠をとっていた」

「ええ、じゃあ私が志穂と来たときにはすでにいたんですか⁉　声かけてくださいよ」

「微睡みの中にいたからムリ」

淡々とそう言う。なんだか摑みどころのない不思議な人だな。残念美人ってやつか。

円先輩はゆらりゆらりとした幽霊のような足取りで俺の前までくると、顔を近づけてくる。

「あの何か……？」

「世良円」

「あ、ああ、俺は藤し……」

「聞いていたから知っている。それよりも君、茜のどこに惚れたんだ？」

「え？」

自己紹介の流れと思いきや、脈絡のない質問に少し戸惑う。

「先輩の好きなところは多々ありますけど」

「具体的に」

「えーと、誰にでも分け隔てなく優しいところや、いつもホッとするような笑顔を向けてくれるところ、趣味の話をするときの無邪気なところとか、あと……」

「遠也くん真面目に答えなくていいから！　円もいきなり変なこと訊かないでっ」

「彼がどれだけ茜を一途に想ってるのか知りたかったんだ」

「それを円が知ってどうするの⁉」

「べつにどうもしない。ただ知りたいだけ。それで彼、茜のことがよほど好きなようだな」

「え、そう、そうかなぁ」

照れる先輩を見て、玲奈先輩が何やらニヤつく。

「まーた幸せそうに惚気ちゃって、茜も好きねぇ」

「の、惚気てないし！」

「その割には口元がすごく緩んでるけどね。アタシの前だけじゃなくて、この大人数の中でも感情を隠しきれなくなるなんてどれだけぞっこんなのよ」

「は、初彼氏なんだからちょっとぐらい気持ちが浮ついたってしょうがないじゃん！」

「べつに責めてるわけじゃないわよ。アタシとしても茜をからかうネタができて嬉しいし」

「今までそんなこと考えてたの⁉」

「そりゃアタシは遠也にまったく興味がないし」

「私の気持ちに同調してくれてると思ったのに！　もう玲奈の前で遠也くんとのことを喋るのやめる！」

「つまり惚気てたって認めるのね」

「〜〜〜っ」

先輩は声にならない声を上げて、玲奈先輩の体をポカポカと叩く。

常に落ち着いた印象の先輩がここまで取り乱すとは驚きだ。よく思えば同級生たちの中にいる時を見たことがなかったから新鮮だな。

先輩の新たな一面を知れて嬉しくなりながらも、周りを見回す。

ここにいるのが現演劇部メンバー全員のようだ。かなり女子率が高い。リョウが演劇部に入ったのは誤って素の性格が出たときの言い訳にするためだと思っていたが、こういう側面もあるわけか。欲望に貪欲だな。

それから銘々会話をしていると、部活時間を十五分ほど過ぎた頃に先生がやってきた。

知っている顔だ。家庭科担当の久野楓先生。演劇部の顧問だったのか。

外見的に歳は二十代半ばぐらいだろうか。後頭部でお団子にまとめた灰色の髪に、薄らと入った目元の隈がどことなく幸薄そうな雰囲気を漂わせている。

家庭科の授業は週一でまだ数回しか受けていないから人柄に詳しくないが、ちょっと暗めの普通の先生という印象だ。

楓先生は腕時計をみて申し訳なさそうに溜息をつく。

「遅れてごめんねぇ。部活時間までには片付く予定だったんだけど」

「楓先は忙しいから仕方ないわよ。今に始まったことじゃないし」

「むしろ今日は早いほうだな」

三年生からツッコミが入る。教師に対してタメ口。軽んじられているのか慕われているのか、気安く渾名で呼んでいるあたり後者だと思うけど。

「今度からは早く来れるよう頑張るわ」

「それ、前にも言ってたわよ」

「そ、そうだったかしら。ごめんなさ――ああ、夕凪さんッ！」

脇に挟んで持っていたファイルケースを長机に放りだし、先輩の両肩にがっしりと手を置く。

「こうして部室で会うのは久しぶりね、今日は参加してくれて嬉しいわぁ。夕凪さんが退部して先生は悲しくて悲しくてぇ……！　夕凪さんさえ良ければいつでもウェルカムだからね。というか戻ってきてほしいと切実に思う！」

「あ、ありがとうございます。でも今は他にやりたいことがあるのでちょっと厳しいかな」

「そこをなんとか！　みんなと思い出のページを新たに刻みましょうよ！」

先程とは打って変わって陽気も陽気だ。こんなに感情の起伏が激しい人だとは思わなかった。

「ほらほら無理強いしない。茜は彼氏とイチャつく時間でいっぱいなんだから」

「だからイチャついてないってば！　……いやまぁ、遠也くんとの時間は大切にしたいけど」

「やっぱり図星じゃない」

「うぅ、そうなんだけど……」

二人のやりとりを聞いた楓先生が「彼氏……」と呟き、その目が俺のほうを見る。それはターゲット変更の合図だった。

「そうそう、藤城くん！　藤城遠也くん！　君も参加するんですってね。この間の全校集会では素晴らしい演技力だったわ。先生感動しちゃった」

そういえば、教師たちには俺の悪い噂を払拭するために先輩と協力して一芝居打ったことにしてあったか。

「舞ちゃん——お姉さんからは未入部って聞いたけど、どう、この機会に入部しない？」

「あー……ありがたいお誘いですけど、俺あまり人前に出るのは得意じゃないので遠慮します」

手当たり次第に入部希望していた頃だったら喜んで首を縦に振ったのだが。まぁどのみち、このメンツでは猛反対されて入部はできなかっただろうけど。

「またまたぁ謙遜しない。あれだけ全校生徒のまえで立ち振る舞えたくせにぃ」

「あの時は無我夢中だっただけですよ。それに俺も先輩と一緒にいる時間を優先したいので」

「はぁ〜、二人はそこまで愛し合ってるのねぇ…………閃いた！　だったら夕凪さんと一緒に入ればいいじゃない。好きな時と場所でイチャこらしてもらっても構わな——」

「いいかげん勧誘やめーいっ。二人の世界に入られたらこっちが気を遣うわ。何のための部活なのよ……ったく。今日はゲームの説明をするんでしょ。早くしないと下校時間になるわよ」

「そ、そうだったわね。このことはおいおい考えることにするわ」

いやもう諦めてくれ。この先生と話すとなんか疲れる。

ハチャメチャな顧問の登場で乱れた場を一旦仕切り直し、やっと部活がスタートする。楓先生が教壇に立ち、俺たち生徒は各々長机の好きな席に座った。

楓先生は普段の教師らしい態度で話しはじめる。

「それではゲームの説明に入るまえに、このゲームを考案してくれた玲奈さんに感謝します。内容も、そしてその意義もとても素晴らしいわ」

「アタシはただ既存のものをパクって提案しただけよ。細かい部分は全部楓先に投げたしね」

「ルール上それは仕方ないわ。思い立ってくれたその心意気が顧問としては何よりも嬉しいの」

褒められ慣れしていないらしい玲奈先輩は少し照れたように頬をかく。たかがゲームをするには大げさな感謝の気もするけど。

「褒めても何も出ないわよ。それよりもゲームの説明に移りましょ」

「ふふ、分かりました。ではまず始めに、このゲームのあらましを読みますね」

あらまし？　何やらストーリーがあるようだ。

楓先生は一枚のプリントを手に持つと、ごほんっと一度咳払いをして語りはじめる。


とある高校に十人の生徒が所属するオカルト部がありました。特に仲良しなわけではなく性格もばらばらの面々ですが、非日常を求める思いは共通しています。

そんなある日、部長がある話題を持ってきました。

学校の裏掲示板に載っていた『陽気な悪魔のお友達』のオカルト話。五人以上で行うそれは、悪魔を呼び出して内一人に憑依させ会話を試みる、いわば降霊術の一種でした。

他にやることもなかったので暇つぶしに全員で挑戦することになりました。

掲示板に書かれていることに則り、悪魔を呼び出す儀式を着々と進めていきます。

そして全ての工程が終了しましたが、誰にも変化が見られません。眉唾モノであることが証明されただけで終わり、所詮は作り話かとみんな白けました。

しかし、翌日の部活動になった時です。

いつも部室に一番に来るほど積極的な部長が、その日はいくら経っても来ませんでした。

同じ学年の部員に聞けば昼休みに見かけているそうで欠席しているわけではありません。

変に思った部員たちは所在を捜しに行きました。その過程で聞き込みをしたところ、生徒や教師たちは口を揃えてこう言いました。

『そんな人は知らない』

何か異常なことが起きていると悟った部員たちは、前日の儀式に原因があると思い至り、改めて調べてみるとオカルト話には続きがありました。

降霊する悪魔はイタズラ好きで憑依した者の人柄を模倣しては、儀式に携わった残りの人間の存在を消して回る、と。

加えて非運なことに、肝心な悪魔祓いの方法はいくら探しても載っていませんでした。

唯一、部員の一人に霊媒師の知り合いがいて助けを呼べたことだけは幸いでしたが、遠方にいるためすぐには来られません。

部員たちはその間、これ以上被害を拡大させないために二つの決まり事を定めました。

一つ、口外しないこと。第三者に気取られないよう、部室以外では普段と同じ様子を装う。

二つ、放課後に必ず部室に集まること。怪しい行動をしていた部員を報告する会議を開く。

部員たちはお互いの顔を見ます。

さぁ『悪魔』はだあれ？

「――あらましは以上です。いかがでしょうか？」

楓先生の問いに、各々理解したようで頷く。

なるほど。演劇部員は七人で、俺と先輩を合わせて九人。ただゲームに興じるのではなく、この物語の続きを演技するわけか。

隣に座った先輩が言う。

「話を聞いたかぎりだと人狼ゲームに近い感じだね」

人狼ゲーム。会話と推理を中心としたパーティーゲーム。今では漫画や映画などの題材にされるほど有名な遊びだ。

といっても知らない人も当然いるわけで、リョウや志穂先輩は今一ピンと来ていない様子。

それには先輩も気づいたようで、ゆっくりとした口調で説明する。

「簡単に説明すると会話型のパーティーゲームで、村人役と人狼役に分かれて勝負するんだよ。昼夜っていうターンがあって、昼は話し合い兼人狼を追放する投票タイム、夜は人狼が任意で一人だけ村人を減らせるの。これを交互に繰り返していって、村人は人狼を見つけて追放できれば勝ち、人狼は自分が狼だとバレないよう嘘をつきながら村人を同数まで減らせれば勝ちのゲームだよ」

見た目どおり賢い志穂先輩は「教えてくれてありがとうございます。大まかにですけど把握しました」と言い、リョウも同意を示すように頷く。本当に分かってんのかねぇ。

　玲奈先輩が話を戻した。

「そうそう。で、アタシがたまたま触れる機会があって演劇部でもできないかって思ったの。もちろんそのままだと味気ないから色々とアレンジしてね」

　どうやら通常版とは異なるらしい。わざわざ説明だけに一日の部活時間を費やすのはそのためか。

　楓先生は「それではそのルールを説明しますね」とホチキスの針で留められた用紙の束を手に取って黒板に向かう。

「先生は進行を務めるＧＭで、皆さんはプレイヤーです。プレイヤーは『生徒』八名と『悪魔』一名に分かれてもらいます。誰がどちらになるかは事前にランダムで決めてあるのでその通りに分かれてください」

　八対一……『悪魔』が圧倒的に不利だ。この人数なら二人いないとゲームバランスが崩れてすぐに終わってしまうが、さすがにそこは考えているのだろう。

「『生徒』は誰が『悪魔』なのかを推理して投票時に指名してください。『悪魔』は『生徒』にバレないよう上手く立ち回り、プレイヤーの人数を減らしましょう」

　ここまでは配役の名前を変えただけの人狼ゲームだ。

「そしてここからが演劇部オリジナルです。いくつかあるので順々に説明していきますね。もし疑問に思ったことがあったらその都度質問してもらって構いません」

黒板に【①リアルタイム】と書き、授業のように話しながら続きを書いていく。

「まず一つ目、このゲームはリアルタイムで進行します。卓上で話し合うだけではなく実際に行動してもらうということです」

「つまり勝敗が決まるまで全てゲーム時間内ってことですか？　私生活や学校生活中も？」

「はい。深月さんの言うとおりで、来週の頭から始めて終わるまでその間ずっとです。といってもルール上、私生活でやれることはないので主に学校生活中になりますね」

ただ放課後に集まってお遊び程度でやるんじゃないのか。想定していたよりも大々的だな。

「ゲーム期間は四、五日を予定していて、毎日の放課後の部活時間（17時から17時30分）に投票会議を開きます。各自、自分以外の誰かに無記名投票してください。時間内に誰の名前も明記しなかった、つまり白紙で出した場合は投票権を捨てたことになります。投票の結果、票数が多いプレイヤーは失格です。もし複数人が同数になった場合は新たに五分の投票タイムを設けて決選投票とし、全員が投票権を放棄した場合のみその日の投票会議は無効となります」

俺は手を挙げて疑問を挟む。

「投票会議については分かりましたけど、ゲーム期間が四、五日っていうのは？　『悪魔』は一人なんだから早ければ一日目の投票会議で失格にして終わりますよね？」

「いいえ。勝敗がつくのは最短でも四日かかります。なぜなら既存のルールとは勝利条件が異なるからです」

「勝利条件？」

楓先生は「そうです」とにこやかに言って【②勝敗】と黒板に記入する。

「では二つ目、勝敗についてです。

まず『悪魔』の勝利条件ですが、これは既存と同じで『生徒』と同数になることです。

『悪魔』は一日に一回、『生徒』一人の存在を消す（失格にする）ことができます。実行可能な時間は登校してから完全下校までの間とし、場所は学校敷地内とします。実行する時は対象となる『生徒』に軽く抱きつき、耳元で〝消した〟と呟いてください。

存在を消された『生徒』はその瞬間ゲーム失格となり、その旨を他プレイヤーに他言してはなりません。また、次の投票会議が始まったときに席から外れてください」

標的の隙を突きながら、『生徒』にその場面を目撃されないよう実行しないといけないのか。やはり『悪魔』は不利に思える。

「そして『生徒』の勝利条件は、ゲーム終了――五日目の投票会議後まで生き残ることです。仮に早い段階で『悪魔』を失格にできたとしてもそこで終わりではなく、その後もゲームを続行してもらいます」

「続行って……『悪魔』がいない状況で『生徒』は何をやればいいんですか？」

あらましで言うなら危機は去っているのだからそれ以上ストーリーは続かずエンディングだ。

俺の質問の返答は玲奈先輩から返ってきた。

「決まってんでしょ。ゲームが終わるまで疑い合うのよ」

「それに何の意味が？」

「まだ『悪魔』が潜んでるかもしれないじゃない」

「でも『悪魔』は一人だって……」

「だからどうやって投票で選ばれたプレイヤーが『悪魔』だって確認するのよ？」

「……ってことは、『悪魔』が失格になってもGMからのアナウンスはないと？」

「そういうこと。発表されるのは五日目のゲーム終了後よ。ただし投票と『悪魔』による存在消しが毎日行われた場合、必然的に四日目で『生徒』と『悪魔』が同数になって終わるからゲーム期間が四、五日ってわけ」

意味は分かったが、やっぱり意図が分からない。

「だけど連日で存在消しが行われなかった場合、『悪魔』が失格になったのは明らかだろ。とても疑い合う状況にならないと思うんだけど」

「だからわざと『悪魔』の嫌疑をかけて失格にさせるのもアリよ。まぁもし『悪魔』が残っていたら狙われる確率が上がるから自殺行為だけどね」

「……？　逆に疑いをかけられる羽目になるかもしれないのに、わざわざそんなことしないだろ。投票さえされなければ勝利条件を満たせるんだから」

そもそも生き残るという条件自体がおかしい。『悪魔』が失格になった時点で『生徒』側の勝利は揺るがないのに、続行してまで無用な争いをすることに何の意義があるのか。

「ああ、まだ説明してないけど、この演劇部ゲームでの勝者は一人よ。そうよね、楓先？」

「その通りです。そして勝者は、秋に開催される文化祭での主役に抜擢します」

楓先生がそう言った瞬間、部員たちの目の色が変わった気がした。

夢先輩が「それホントっ⁉」と興奮気味に立ち上がる。

「ええ本当です。やはりゲームには報酬がないと意欲も湧きませんからね」

「やったぁ！　やる気は元からあったけど、より出る出る！」

他の面々も気持ちは同じようで、楽観的だった様子を引き締めている。部員でない俺には分からないが、それほど主役は貴重な体験らしい。

「ちなみに夕凪さんと藤城くんのどちらかが勝った場合は、先生自腹で一日のデートに掛かる費用を贈呈しちゃいます」

「え、マジですか？」

「はい。お食事から娯楽施設その他諸々の代金すべてです。もちろん限度はありますが、可能なかぎり叶えますよ」

つまりゲームに勝てばお金の心配をせずに先輩と休日デートを満喫できるわけか。

「がんばろうね」とニコニコして言う先輩に大きく頷く。俺の中で負けられない戦いが始まった瞬間だった。

「これで分かったでしょ。このゲームは『生徒』側になったとしても個人戦なの」

「たしかにこれなら誰かを『悪魔』に仕立てることも厭わない。なんと貪欲で殺伐としたルールだ。

相変わらず表情の読めない円先輩が「質問いいか」と手を挙げた。

「『生徒』が複数人生き残った場合はどうなるんだ？」

「その場合は、お題のクリア数で競います」

また新たな単語が出てきた。

楓先生が【③お題】と黒板に書く。

「三つ目、お題についてです。

『生徒』には一日一つ、計五つのお題があります。内容はそれぞれのプレイヤーで違うものを用意していますので投票会議が始まる前までに達成してください。もし達成できなかった場合、その日のお題は未クリアとなります。

滅多にないと思いますが、もし生き残った『生徒』のお題のクリア数も同じだった時は、他の失格したプレイヤーの話し合いのもと優勝者を選出しましょう。

ちなみに『悪魔』にはお題がありませんので、そこを上手く利用してゲームを進めてください」

なるほど。『悪魔』にとっては存在消しをしやすくなり、『生徒』にとっては投票会議の時の推理材料として活用できるわけか。

「また、お題クリアの成否は自己申告制とし、ゲーム終了後にまとめて確認します。各自クリアしたお題をメモにとっておくなどして覚えていてください」

端から不正を疑っていない感じ、よほど部員たちのことを信頼しているようだ。

楓先生は【④演技】と書いて説明を続ける。

「そして四つ目、これが演劇部にとって一番肝心なルールです。学校生活中——正確にいえば登校してから下校まで、それぞれに定められた役を徹底して演じてもらいます。口調または行動で示してください」

「え、学校生活中ずっと……」

演劇部で開催されるゲームだから演技の類いはあると予想していたが、まさか学校にいる間ずっとだとは思っていなかった。部員たちや元演劇部の先輩は慣れているだろうが、一切経験したことがない俺にとって人前で演技するのは厳しい。

「心配しなくても大丈夫です。役といっても細かに設定された固有の人物ではありませんから」

そう言ってファイルケースの中から何枚かのプラスチック製カードを取り出す。

「百聞は一見にしかずです。今からこの配役カードを渡します。これには役柄と五つのお題、それに『生徒』か『悪魔』かの役割の記載がされていますので、他の人には見えないよう注意してください。念のため一旦席を離しましょうか」

言われたとおり間隔を空けて座りなおすと、楓(かえで)先生が一人一人の元に行って手渡しする。

やがて渡された配役カードなるものに目を通す。

トランプよりも一回りほど大きいサイズ。あらましのホラーチックな雰囲気を再現したかのような白黒で統一されたデザイン。

表面には〝Theater club game(シアタークラブゲーム)〟とオシャレっぽい英文と、不気味に微笑む悪魔のイラストが印刷されている。なんと手の込んだ作りだ。

続いて裏面。文字がびっしりと並んでおり、上部には大きな字で役柄と役割、下部には日数とともにお題の内容が書かれている。

上部から確認していく。

〝フレンドリー〟な『生徒』。

まず『悪魔』じゃなくてホッとする。存在を消されないように注意して推理しつつ、他の『生徒』たちから無用に怪しまれない行動を心掛ければいいわけだ。

そして役柄フレンドリー。友好的という意味か。たしかに細かい設定等はないようだが、これは逆に抽象的すぎる。人当たりの良い役を演じればいいのだろうか。

次に下部のお題。

1日目、クラスメイトと合計十分以上会話をする。
2日目、先生の頼みごとを完遂する。
3日目、球技大会で優勝する。
4日目、クラスメイトの悩みを解決して感謝される。
5日目、クラスメイトの手伝いをする。

ゲームが始まってからの日数に続いてその日の内容が記載されている。3日目以外は役柄に沿った内容だ。

てっきり一人でできることだと思っていたが、甘い考えだったたか。他人が関わってくるとなれば不良の噂が付きまとう俺には難しいな。

先輩とのデートという夢が遠ざかったような気分になりながらも、他の人の様子を窺う。

反応は俺と似たり寄ったりだ。真剣な面持ちで食い入るように見たり、顔を顰めていたりとゲームの難易度に四苦八苦している感じ。……先輩だけは胸を躍らせるように楽しげだけど。

静まり返る中、突然リョウが声を上げた。

「あのっ、これは楓先生が考えたんですよね？」

「ほとんどはそうですよ。お題に関しては他の先生に少しアドバイスを頂きましたが、役柄に関しては先生が見たい……もとい、普段の性格とはあえて異なるようにと意識して考えました。なにか問題がありましたか？」

「い、いえ。大丈夫です。ただ知りたかっただけなので」

そう言うと、ふたたび配役カードに視線を落とす。

なんだか妙に慌てた様子だったが、意外な内容でもあったのだろうか。

それから少し時間を置いたあと、楓(かえで)先生の「把握できたでしょうか?」という質問に、各々配役カードから顔を上げることで肯定を示す。

「大丈夫そうですね。それでは最後に禁止事項についてです」

そう言って【⑤禁止事項】と書いたあと列挙していく。
①ゲームの進行を妨害する。
②投票会議以外でのゲームに関する言及。
③役の放棄。
④配役カードを見せ合う、または盗み見る。
「――この四つが禁止事項になります。まず最初の三つですが、GMの判断により合計二度の注意を受けたプレイヤーはその時点で失格です。一度目は大目に見たいと思いますが、二度目は厳しく判断しますので気をつけてください。四つ目に関しては、ゲームの優劣を著しく変えてしまうので行為が発覚した場合は即失格とさせてもらいます」

そこで、先輩が訊ねる。

「質問です。役の放棄の判断基準は何ですか?」

「これはGM(せんせい)の裁量に拠(よ)ってしまう部分も大きいのですが、学校にいる時の普段の性格に戻ることですね」

なんだか回りくどい言い方な気がした。要するに素の性格を出すのはご法度ということか。

「また、失格になったプレイヤーについてですが、ゲーム終了まで演技は続けてください。その間、他プレイヤーに情報を与えるなどの助言は一切なしでお願いします」

大体は納得したが、二つ目の事項だけは厄介だ。おそらく協力プレイを防ぐために定めたのだろう。先輩と勝利に向けて情報共有するという企みが潰えてしまった。

楓(かえで)先生は伝え忘れがないか確認するように説明用紙を見返したあとで顔を上げた。

「以上で、ルールの説明は終わりです。駆け足で話したので、もし分からないことがあったら遠慮せずに質問どうぞ」

早速、深月(みつき)先輩が質問する。

「学校を欠席した場合はどうなるんですか？」

「失格にはなりませんが、プレイヤーとして存在することにはなりますので投票会議のときに不利になることは覚悟してください」

勝手に投票されて失格になっていたなんて最悪だ。五日間、体調には気をつけよう。

続けて、志穂(しほ)先輩が手を挙げる。

「投票会議以外でのゲームに関する言及は禁止とありますが、演劇部以外の人と話す際もでしょうか？　突然演技したらびっくりさせると思って」

「部活動の一環であることは話してもらって全然構いませんが、ゲーム内容は伏せてください。興味を持った生徒たちが介入する事態になってはゲームの根幹を崩しかねないので。先生たちにはすでに許可を取っているので安心してください」

よくこんな企画を許してもらえたな。楓先生って意外と人望が厚いのか。

「なので基本的には授業中も演技してもらいたいのですが、人間関係や学校生活に支障を来さない程度に行ってください。もし何らかのアクシデントが発生した場合は、即刻ゲーム自体を中止にします」

そこで質問は止み、沈黙が流れる。

俺は黒板に書かれたルールを改めて確認しながら、『生徒』の一日の動き方を頭の中でシミュレーションする。

登校してからフレンドリーなキャラを演じる。

投票会議が始まる前までにお題をクリアしつつ、他プレイヤーの動向に注意を配る。

放課後この部室で行われる投票会議に出席し、『悪魔』が誰なのかを推理しながら自分が疑われないよう立ち回る。

……と、こんな感じか。簡単なような難しいような。

「他に質問はないようですね。では来週の月曜日からスタートですので、明日からの二日間で自身の役柄を調べて演技できるようにしておいてくださいね」

休日を挟むのはそのためか。たしかに今日の明日やれというのは酷だ。

やっぱり演技が一番のネックか。深森と話すときを想像しただけで恥ずかしくなる。

それはまだ部活に入って二ヶ月しか経たないリョウたちも同じ気持ちのようで、顔に不安の色が滲んでいる。特に二人は人気者だから人との交流が多いしな。辛そう。

そんな俺たちの様子を心配してだろう、楓先生が朗らかに言う。

「一年生はまだ演技に慣れていないだろうからできるかぎりで大丈夫ですよ。特に羽柴くんは無理せずにね」

「はい！　ありがとうございます」

「………………」

そのやり取りが少し気にかかったが、あえて訊ねるまではしなかった。

ちょうど下校時刻が差し迫っていることもあり、そこで部活は終了した。

＊＊＊

その日の夜。

晩飯を食べたあと、自室でフレンドリーな人の特徴を調べていたらスマホに電話が掛かってきた。

着信名には〝リョウ〟と表示されている。

「………」

どうせ放課後の件について掛けてきたのだろう。出たくねぇ。

だがこのまま無視した結果、ゲームに私怨を持ち込まれては堪ったもんじゃない。

しかたなく通話を繋げた瞬間、

『おい遠也(とおや)、放課後のアレはなんだ！　危うくバレるところだったじゃないか！』

果たして、思わず受話口から耳を遠ざけるほど喧しい怒号が聞こえてきた。

「……もしもしぐらい言わせろ。あれは悪かったって。無事にごまかせたんだからいいだろ」

『よくないっ！　お前との関係がバレたらオレも同じ目で部活のみんなから見られるんだぞ、そもそもなんで参加してんだよ⁉』

「そりゃ先輩に誘われたからだ」

『それは知ってるわっ。なんで断らなかったのかって訊いてんだ！』

「だって面白そうだったたし。それに想像してもみろ。あの先輩に『一緒にやろ』って上目遣いで懇願されてお前だったら断れるか？」

どうやら反論できないようで無言になる。まったく、先輩の可愛さを舐めないでほしい。

やがて降参したように『くそぉ……なんで遠也(とおや)にあんな素敵な彼女が……』と恨み節を吐(は)い

たあと、

『はぁ。ただでさえ悩んでるってのに……』

「ん？　なんか困りごとでもあんのか？」

『たった今、お前にな！　頼むからもう渾名で呼んだりなんかするなよ！』

「はいはい」

『あとゲーム中だからって極力話しかけてくるな！』

「へいへい」

『ほんとに分かってんのか？　二度と失言しないよう、せめて学校にいる間は心の中でも常に苗字で呼ぶ癖をつけとけ！』

「わかったわかった。じゃあな」

『あ、おい――』

強引に通話を切り、スマホの電源を落とす。これ以上話しても確認を繰り返すだけだ。

ついこの前までは俺の悪評を晴らすのに協力するとかカッコいいことを言ってたくせに。

やっぱりあいつは自己保身の塊だな。めんどくせぇ。

演劇部ゲーム一日目

Theater club game / Day 1

自分の教室に行くと、案の定ざわついていた。

当然ながらクラスメイトの関心を引きつけているのは演劇部のリョウたち……。

そういや前の電話で、失言しないよう心の中でも苗字で呼ぶ癖をつけとけって言われてたか。

面倒極まりないが俺の落ち度が原因だし、また口が滑ってヘイトを向けられるほうが厄介か。

リョウたち、もとい羽柴と白ノ瀬が関心を集めており、複数人に囲まれて談笑している。

俺は窓際最後尾にある自分の席に着いて二人の役柄を窺う。

まずは羽柴。孤独を愛しているかのようなクールな気配を纏いながらも、人と接するときは丁寧な物腰というギャップが人気の美少年は——

「やぁねぇ。そんなに期待されてもアタシに面白いことできないわよぉ」

艶のある声音に、笑うときの口元に手を当てた仕草、と女性的な態度に変貌している。

そして白ノ瀬。ふわふわ〜と春の陽気のような物柔らかな雰囲気を漂わせ、その愛嬌のある姿から天使と呼称までされた人気の美少女は——

「囲まないでよ、鬱陶しいでしょ！　べ、べつに嬉しいとか思ってないんだから……」

がっしりと腕組みをして棘のある口調で非難する……かと思ったら急に照れはじめる二面性キャラになっている。

なるほど。羽柴がオネェで、白ノ瀬がツンデレといったところか。

見てるこっちが恥ずかしくなるほど個性的なキャラにもかかわらず、本気で演じている姿に感心する。

それに度胸が凄い。クラスメイトの面白がった反応から演劇部の活動であることは周知のようだが、これだけの人前で堂々とできるなんてさすが自ら演劇部に入部するだけのことはある。

ゲームに参加している以上、俺も二人を見習ってフレンドリーな生徒を演じなければ。

それに今日のお題は〝クラスメイトと合計十分以上会話する〟ことだ。制限時間は放課後の投票会議までだから余裕を持って早いうちにクリアしておきたい。

本当であれば深森との会話で済ませるつもりだったが、昨日オンラインゲームのチャットで『風邪気味だから明日は学校ムリかも』と言っていた。この時間に登校していないからきっと休みだろう。

べつの話し相手を見つける必要があるのだが……。

そう思っていたとき、ちょうど隣の席の女子生徒が登校してきた。

これはチャンス。今クラスメイトたちの意識はあの人気者たちに注がれているから目立たずにお題を遂行できる。

　そうとなればすぐに取り掛かろう。ネット調べによると、フレンドリーな人は日々の言動が穏やかでさっぱりとしているらしいから、まずは快活に朝の挨拶をしよう。

「おはよう！　今日も良い天気で清々しいよな！」

　鏡のまえで何度も練習した爽やかな笑みを浮かべる。かなり恥ずかしいものの、偽者の先輩と対峙した全校集会のときと比べれば屁でもない。

　すると、女子生徒は度肝を抜かれたようにビクッと体を震わせ、「え！　お、おはよう……そ、そうだね……」と戸惑う。普段声を掛けもしないからそりゃそういう反応にもなる。

「急に悪いな。じつは演劇部でさ……」

「ご、ごめんなさいっ。私やることがあるのでっ」

　カバンを机の上に放り出したまま、ピューッと脱兎のごとく友達の元へと駆けていく。顔色を恐怖に染めて怯えながら。

「…………」

　今ので会話時間は十秒ぐらいか。これをあと五十九回繰り返せばお題はクリアなわけだ。

　――うん、ムリ。元々の印象が強すぎるせいで演技どころじゃねぇ……喋るだけの基本的なことも満足に行えないなんて俺だけハードモードすぎねぇか！

　みんなに囲まれて和気藹々とお喋りする人気者たちを見ると、余計に格差を感じる。なんだか孤独だった日々の気持ちが蘇ったような気分だ。

あまりにも悪い幸先に、自然と俺の口からは嘆息がもれた。

＊＊＊

あれから何度か他のクラスメイトに声を掛けてみたが、結果はすべて同じに終わった。

演劇部の活動だと説明するまえに気味悪がられて逃げられる。会話の合計時間とともに俺の悪評も伸びているだろう。この役柄で不良のイメージを払拭できるかもと希望も抱いていたが、現実は厳しかったか。

踏んだり蹴ったりの午前中が終わり、昼休みになる。

予想外に四限目の授業が長引いた。俺は手ぶらのまま教室を出て、急いで中庭に向かう。

クラスメイトに避けられて荒んだ心が、一歩進むごとに高揚感へと変わっていく。

理由は今朝先輩から届いたSNSアプリのメッセージで、なんと俺のお昼ご飯まで用意してくれるというのだ。人生初の彼女の手作り弁当となれば浮足立つに決まっている。

中庭に着くと、ベンチにはすでに先輩の姿があった。

「先輩、お待たせしまし――――ちょ、先輩っ⁉」

不意に、先輩は何も言わずに勢いよくベンチから立ち上がって俺の胸に飛び込んできた。そのままぎゅ～っと力強く抱きついてくる。

唐突なハグに硬直してしまう。体の柔らかな部分が服越しに伝わってきてカァーッと全身が焼けるように熱くなった。

「あ、あの先ぱ……」

「よかったぁ……！　時間が経っても来ないから遠也くんに嫌われたのかって心配したよぉ」

抱擁したまま心底ホッとした顔を見上げさせる。……まだ昼休みが始まって十分も経ってないですけど。

「そんなことは絶対にないです！　遅れたのは授業が長引いただけで……すみません」

「なんだ、そうだったんだね。安心したよ〜。できれば次からはメッセージがほしいな」

「わ、分かりました。だからあの……そろそろ離れましょうか」

こんな人目がある場所では恥ずかしいし、精神衛生上よくない。

しかし先輩は離れようとせずになぜか不貞腐れる。

「遠也くんは私とくっつくの嫌なの？」

「そういうわけではないですけど……ほらっ、先輩のお弁当を早く食べたいですし！」

「ああ、そういうこと。遠也くんってば食いしん坊さんだなぁ」

ようやく体を離すと、俺の手を引いてベンチに誘う。

ほぼ密着するように座り、傍らに置いてあるランチバッグから弁当箱を取り出す。

そのとき、先輩の右手首に包帯が巻いてあるのが目についた。

「その手首どうしたんですか!?」

「ああ、これ？　料理するときにちょっとね。小さな傷だから全然平気だよ」

こちらを気遣っている感じはないから本当に大した怪我ではなさそうだ。よかった。

「もしかして心配してくれた？」

「当然ですよ。絆創膏ぐらいだったらあれですけど包帯なら誰だって気にしますって」

「じゃあもっと怪我すれば遠也くんが構ってくれるのか……」

「聞こえてますよ。マジな顔で怖い冗談はやめてください」

「ふふっ、ごめんごめん。──はいこれ」

楕円形の木製弁当箱を手渡してくる。

お礼を言って受け取り、「早速開けてもいいですか？」と訊ねて先輩が頷いたのを確認してから蓋を開ける。

「おぉ……！」

目に飛び込んできたのは食欲をそそる彩り豊かな料理たち。カップに仕分けされたおかずは多岐に亘っており、全体的に野菜多めの胃に優しい献立ながら、ぎっしりと綺麗に詰められていてボリューム満点。いつも俺が食べている茶色飯とは雲泥の差だ。

「早起きして張り切っちゃいました。どうかな？」

「めちゃくちゃ美味しそうです！　見栄えも良くて食べるのがもったいないくらいですよ」

ここまで手間暇かけて用意してくれたなんて嬉しすぎる。記念と後学に写真を撮っておこう。

許可を貰ってスマホに収めたあと、そろそろ空腹が待ちきれなくなったので箸を持つ。

「それじゃあ、ありがたくいただきますね」

「あ、ちょっと待って」

何やら俺の手から弁当箱を取って自分の箸を取り出すと、ふんわりとした厚焼き玉子を摘み、それを俺の口元に持ってくる。

「はい、あーん」

「え？」

「あーんっ」

促され、照れつつも口を開ける。

厚焼き玉子が舌に触れた瞬間、絶妙な加減の甘さが口内に広がった。

先輩は俺の顔色を窺うように見る。

「美味し？」

咀嚼しながら頷くと、「えへへ、嬉しい」と微笑む。

その愛くるしい様にドキッとして危うく噎せそうになった。

——さっきから何なんだ、このあざと可愛さは!?

もちろん普段から可愛いのだが、加えて今日は愛情表現が強い気がする。

考えられることは一つ。

演技だ。きっと今のこれが先輩の役柄なのだろう。甘えたがり的な感じだろうか。

先輩は満足げに言う。

「やっぱり隠し味を入れたのが正解だったね」

「たしかに美味しいですけど、なにか特別なものでも入ってるんですか？」

「ひみつ～。それよりも次はどれが食べたい？」

「あ、えっと……先輩が大変なので自分で食べますよ」

「私がしたくてしてるんだから遠慮はいらないよ？」

「でも先輩の食べる時間が無くなってしまうので。一緒に食べたほうがより美味しいですし」

「そう言われればそうかも。私のことを考えてくれてやっぱり遠也くんは優しいね。好き」

「～～～」

一々反応が甘々すぎて恥ずかしさで顔がにやけてしまう。この調子だと五日間はドキドキしっぱなしの学校生活になりそうだ。

それからは弁当を堪能しつつ、いつものように雑談をする。

話題は二日後に行われる球技大会について。

「先輩の種目って、やっぱり経験のあるテニスですか？」

「そうだよ。バレーよりかはクラスに貢献できそうだからね。遠也くんは？」

「俺はバスケです」

「遠也くんのバスケ姿かぁ。かっこよさそう」

「中学の頃に授業でやったきりなので全然下手ですよ。……それに全く練習できてないし」

「練習できてない？　みんなにやる気が無いってこと？」

「いや、優勝目指すぐらい放課後とかバリバリ練習してるみたいなんですけど、そこに俺は呼ばれていないっていうか……」

その言葉の意味に気づいたようで先輩の顔色が曇る。……しまった。余計な心配を掛けたか。

「呼ばれていないって言ってもあれですよ、除け者扱いとか無視とか嫌われてるわけじゃなくて、どちらかと言うと俺のほうが遠慮してるだけです！」

「ほんとに？」

「……少し怖がられている節がないではないですけど、前よりかは遥かにクラス内の雰囲気は良くなってます。実際によく会話したり遊んだりする友達もいますし、心配しなくて大丈夫ですから！」

先輩は疑い深い視線を向けていたが、やがて「まぁそれなら安心かな」と相好を崩した。

「遠也くんは何も悪いことなんてしてないんだから、堂々と参加すればいいのに」

「でもこれまで怖がらせるようなことをしてきたのは事実ですから。練習中に俺がいるとみんなの集中を削いでしまうと思って」

「そうかなぁ。友好的な遠也くんがいればもっとみんなの士気が上がると思うけど」

「先輩は俺のことを美化しすぎです」

「んー、じゃあ遠也くんから見た私ってどんな人？」

「……？　先輩は十分すぎるほど素敵な人だと思ってますけど」

「ふふ、ありがと。では問題です。そんな私が好きになった人は、はたしてどんな人でしょう？」

「……またそうやって答えづらいことを言ってズルいですよ」

「でもそういうことでしょ。だから卑下せず自信を持って人と接していこっ。ね？」

「…………はい」

見事に言い包められてしまった。やっぱり先輩には敵わないな。

先輩は水筒のお茶をコップに注いで一口飲んでから、ホッと息をつく。

「それにしても遠也くんに友達ができたようで私も嬉しいよ。いつもその子と過ごしてる感じなのかな？」

「ほぼ毎日そうですね。周りの目を気にせずに声を掛けてきてくれるんですよ」

「へぇ、芯の強い子なんだね」

「どちらかというと我が強いって感じですけどね。この間も次の授業が体育なのに、ゲームに没頭しすぎて更衣室に行かずにその場で着替えようとした時は困りま――」

「は？」

不意の疑問の声とともに、先輩の手からコップが離れて盛大に中身がこぼれた。

しかし先輩は、地面に落ちたコップも濡れたスカートも一顧だにせず、俺を見据える。

「せ、先輩？」

「……女なの？」

「え？」

「その友達って女なの？」

「は、はい。前にあった新入生歓迎会で友達になれた人ですけど……」

冷ややかな声音に圧倒されて答えたところ、先輩は蛇が巻きつくみたいに俺の右腕に自分の両腕を絡ませて「私を捨てるの……？」と意味の分からないことを言う。

動揺して言葉を返せずにいる間にも、奇行は止まらない。

「遠也くんの彼女は私だよね？　私のことを愛してくれてるんだよね？」

「あ、当たり前ですよ」

「じゃあなんで私のいないところで別の女と二人っきりで楽しんでるの？　ねぇなんで？」

「先輩、ちょっと落ち着いて……」

「言えないの？　愛しの彼女に言えないって何かやましいことでもあるの？」

ねぇ、ねぇ、ねぇ。顔面を近づけて問い詰めてくる。

瞳孔の開いた目に肌が粟立つ。――一体どうしたんだ!?　まるでこれじゃあ深森に嫉妬してるみたい……。

そこで、これまでの先輩の言動を思い出す。

いつもよりも過度な愛情表現。料理中に負ったという手首の傷と、ひみつな隠し味。友達が女子だと知るや否や豹変する態度。もしかしてこれは……。

「……私ダメかも…………遠也くんのことは好き……好きだけど…………沸き立つ感情が止められないの……」

ぽろぽろと涙を零しながら、物騒にも震える手で俺の制服を力のかぎり掴んでくる。

俺は先輩の役柄がヤンデレであることを悟った。

＊＊＊

やっと放課後になる。

「疲れた……」

クラスメイトたちが部活と帰宅で移動する中、自分の席に体を預けてだらける。

深森のことで愛憎に駆られた先輩を昼休み終了のチャイムが鳴るまで宥め続け、なんとか乗り切ったと思ったらその後が本当の地獄だった。

休み時間中ずっと送られてくるメッセージ。

『今、何してる？』から始まり、およそ二十秒刻みで、

『あれ？　気づいてないのかな？』

『お〜い、遠也くん〜ん、どうしたの〜？』

『もしかして無視してる？』

『ねぇ返事してよ』

『私じゃなくて深森ちゃんと話すほうがいいんだ。そうなんだ』

『もういいよ。もう、いい』

『許さない許さない許さない許さない許さない許さない許さない』

と、次第に病み度がパワーアップしていった。きっと俺の行動の抑止と監視が目的だろう。

何もここまで本気に参加しなくてもいいじゃないかと億劫に思いながらも、逐一返信した。

先輩はハマったらとことん極めるタイプだ。既読無視なんてしたら教室に乗り込んでくるかもしれないし、下手すれば凶器を持ち出しかねない。

せっかくゲームを口実にラブラブ体験ができると期待していたのに、蓋を開けてみれば別のドキドキだったとは。この状態があと四日も続くのかぁ……。

苦悩しているうちにも、教室は俺一人になる。先輩から「一緒に部室に行きたいから教室で待ってて」とお願い、もとい脅迫されているので動けないのだ。

と言っても投票会議まで時間はあるし、お題はすでに諦めているから別段やることもない。

今はこの束の間の安息を噛みしめよう。

そうして目を閉じた矢先、廊下のほうから足音が聞こえた。

——もう先輩が来たのか⁉

ヒヤヒヤしてドアのほうに顔を向けると、教室に入ってきたのは白ノ瀬だった。

白ノ瀬は俺の姿を認めると、自分の机に行こうとしたところで立ち止まる。

「あ、藤城くん、まだ教室にいたんだ。部室に行かないの？」

「………あ、ああ。先輩と一緒に行くことになってるから待機中なんだ」

てっきり俺のことを見た瞬間、そそくさと立ち去ると思っていたから反応が遅れた。

白ノ瀬は「そう……」と何やら考える素振りを見せたあと、自ら俺のほうに歩み寄ってくる。

机二つ分を空けた距離まで来ると、髪をくるくると指で弄りながら言う。

「ねぇ、藤城くん。夕凪先輩を待ってる間、その……わたしとお話ししない？」

「話？　なんで？」

「べつに暇つぶしよ、暇つぶしっ。決して藤城くんと話したいとかじゃないんだから……」

ごにょごにょと後半を濁して見事なツンデレを発動させる。

わざわざ俺に声をかけてくるあたり、目的はお題だろう。俺と同じで会話が条件のようだ。

しかし白ノ瀬は朝から何人もの相手と話しているから、とっくにクリアしているはず。何か別の指定でもあるのか。独りぼっちの生徒限定とか、誰もいない場所で一対一でとか。

なんにせよ、まだクリアしていない俺にとっても都合がいい。お題はクラスメイトとしか指示されていないから演劇部の白ノ瀬でも条件は満たせる。それにフレンドリーな明るい振る舞いができていない分、行動で示さないとだし。

「分かった。俺もちょうど誰かと話したい気分だしな」

「ふんっ、最初からそう言えばいいのよ」

演技だから仕方ないとは言え、横柄な態度が鼻についた。

暗黙のうちにお題クリアに向けて合意したものの、なぜか白ノ瀬は立ったままでその場から動こうとしない。

「隣の椅子に座れば？」

「イヤよ。だって藤城くん、抱きついてくるかもしれないじゃない」

「はぁ？　俺のことをなんだと思って……」

そこで言葉の真の意味に気づく。

そうか。白ノ瀬は俺を『悪魔』だと疑っているのか。

たしか『悪魔』が『生徒』を失格にさせるときは軽く抱きつき、耳元で〝消した〟と呟くのが条件。つまりこの誰の目もない状況は打ってつけなわけだ。……あぶねぇ。みんなの演技に気を取られてすっかり忘れてた。もし白ノ瀬が『悪魔』だったらやられてたな。

逆に考えればここで行動を起こさない白ノ瀬は『生徒』と見ていいのか……と推察している

と、白ノ瀬（しろのせ）はさらに一歩遠退（とお）のき、両腕で自分の身を抱いた。

「黙っちゃって何よ？　もしかして本当に抱きつくつもりだったの？」

「違うから。誰が好き好んでそんな真似するか」

「それってわたしのことが嫌いって言いたいわけ？」

「誰もそんなこと言ってないだろ」

「え、じゃあ好きなの!?」

「極端すぎだろ！　好きでも嫌いでもねぇよ」

「なんか煮え切らない答えね………この際はっきりしなさい。わたしのことが好き、嫌い、どっち？」

　腰に片手を当ててビシッと指を突きつけてくる。漫画の中だと可愛く見えるツンデレも、リアルだとこうも癇に障るものなのか。

　それによく俺に対してここまでぐいぐい接してこられるな。恐怖心はないのだろうか。

　嫌いと答えたら言葉の応酬をする羽目になりそうなので、思ってもないことを返す。

「好きだよ」

「……ふぅん。そっ」

　素っ気なく返事しつつ、満更でもなさそうに口元を少しムズムズさせて本音と建前の差異を表現する。この場には俺しかいないのによくやるものだ。

演技魂に感心と呆れを抱いていたそのとき、教室の入り口からダンッと物音がした。

「―――ッ⁉」

すぐに視線を向けて息を呑む。

そこには先輩がいた。足元には学校指定のカバンが落ちている。

いつからいたのか。ちょうど白ノ瀬の体が死角になって気づかなかった。

先輩はカバンを放っておいたまま近づいてくると、俺と白ノ瀬の間に割って入る。

「へぇー。深森ちゃんだけじゃなくて、白ノ瀬ちゃんとも仲良かったんだ」

そして、ぐるんと勢いよく俺のほうに首を回して色を失った瞳を向ける。

「で。今なんて言った？」

「……い、いや違うんです。さっきのは言葉の綾というもので……」

まずい。あの好意的な発言を聞かれていたのか。最悪のタイミングだ。

所詮すべて演技といっても、役にハマりきった今の先輩は何を仕出かすか……。このことが原因で束縛がより酷くなったら堪ったもんじゃない。

「ちょっと夕凪先輩。今藤城くんと話してるのはわたしなんだから邪魔しないでよ」

言い訳を必死に考えていたら、予想外にも白ノ瀬が噛みついた。

「邪魔？　先約は私だよ。白ノ瀬ちゃんこそ遠也くんが魅力的だからって言い寄らないで」

「言い寄ってなんかないわよ！　大体、部室に行くだけに待たせるなんて可哀想でしょ！」

「それは愛ゆえだよ。私は遠也くんと片時も離れたくないの。まだ恋を知らない白ノ瀬ちゃんには分からないかもしれないけどね」

お互いに睨み合ってバチバチと火花を散らす。なんでこんな展開になるんだよ……。

二人は同時にこちらを振り向く。

『遠也くん（藤城くん）はどっちの味方するの（よ）！』

あーもう、めんどくせぇ!!

＊＊＊

三人で部室に向かう中、先輩は俺の腕にくっつきながら恥ずかしがるように笑う。

「やー、二人ともごめんね。まさか恋愛じゃなくて友情の好きだとは思わなくて。てっきり遠也くんが浮気したのかと早とちりしちゃった」

「いえ……分かっていただけたならよかったです……」

「本当にそうよ。……だ、誰が藤城くんを好きになんて」

おい、やめろ。これ以上先輩にネタを与えるな。

二人がこの調子だと他のやつらも悪い意味で凄いんだろうな。行きたくねぇ。

泣き言もむなしく、部室に到着。白ノ瀬が扉を開けて中に入り、俺たちも続いた。

室内は先週と様相が変わっており、長机がすべて畳まれて部屋の隅に追いやられ、代わりに十脚の椅子が並んだ大きな円卓が用意されている。なんとも会議の場っぽい。

すでに四人の部員が集まっていて全員が着席していた。玲奈先輩と円先輩は隣同士で、夢先輩と羽柴はそれぞれ間を空けて座っている。

逸早く夢先輩が俺たちに気づいた。

「遅い！　今何時だと思っているのですか、会議までもうあと五分もありませんよ！」

椅子から立ち上がり、壁に掛けられた時計を指差しながら叱咤してくる。

堅苦しい口調や先週はなかったメガネを掛けているあたり、真面目キャラか。はっちゃけた素の性格とは全然違うな。やりにくそう。

「まったく。こんな状況に陥っているというのに、あなたたちに危機感はないのですか」

ぴったりと寄り添う俺と先輩を見て不快な顔をする。

何をそんなに焦った様子なのかと一瞬疑問に感じたが、そういえば俺たちは役柄だけでなく同時にストーリーも演技している最中だったか。たしかオカルト部で怪談話を再現したらその話が本当で、部長が悪魔に消されたんだっけ。

「うるさいわね。間に合ったんだからいいでしょ」

「いつ如何なる時も、私と遠也くんの愛は阻めないよ」

「そ、そんな態度でごまかそうとしても……」

強い語気で反論されて少し怯む夢先輩。どうやら二人の役を見るのは初めてのようだ。この人たちに関わるのはやめたほうがいいですよ。

同情しつつも、まだ役柄を知らない三年生二人の様子をこっそり窺う。

玲奈先輩は折りたたみ式の手鏡を覗き込んでおり、円先輩は足を組んで静かに座っている。

そのとき、玲奈先輩と目が合った。

すぐに逸らしたが遅く、何やら椅子から立ち上がって俺の目の前までくる。

そして、何も言わずに俺の顔を両手で挟んできた。

「なにを――!?」

「遠慮するな。好きなだけワタシを見なさい」

「へ？　……うおっ！」

まさかの言動に虚を衝かれて固まっていると、寄り添っていた先輩に強い力で突き飛ばされた。突然のことに受け身が取れず床に尻もちをつく。

「玲奈。遠也くんに気安く触らないで」

「ああ、そうか二人は恋仲だったな。気を悪くさせてすまない。茜の彼氏くんがワタシの麗しさに見惚れていたので、近くから拝ませてあげようと思っただけだよ」

「え、そうなの遠也くん？　私というものがありながら他の女に……？」

「違います違いますっ、誤解です！」

「彼を責めないであげてくれ。このワタシを目にしたんだ、そうなるのも仕方ない」

体のまえで両腕を交差させて自分自身を抱き、恍惚な表情をする。……余計なことを言いやがって。この自己愛が激しい感じ、役はナルシストか。二重の意味でうぜぇ。

「藤城君、大丈夫？　怪我してない？」

気がつけば円先輩が隣にいて、身を案じる言葉とともに手を差し伸べてくれる。

「大丈夫です、ありがとうございます」とお礼を言いながら手を取ると、思いのほか引っ張る力が強く、立ち上がったと同時に体勢を崩して円先輩の胸元に顔を埋めてしまう。

すぐさま謝って顔を離そうとしたが。

「わぁ。男の子の体温あったかーい」

「ちょっ……!?」

慌てる素振りもなく、反対に俺の背中に手を回して抱きしめる。

顔面には柔らかな感触、鼻には制汗剤の甘い香り、耳には色気のある艶めかしい声が伝わり、反射的に力を入れて円先輩の体から離れた。

「んふふ。お顔を真っ赤にしてかわいい子ね」

長い黒髪を耳にかけながら、リップの塗られたぷるつや唇を緩めて笑う。

やばい。ミステリアスな素の性格とギャップがありすぎる。大人的というか魅惑的というかどことなくえろい。役はセクシー系女子か。なんつーもんを生徒に振ってんだあの先生は！

「と～お～や～く～ん？」

先輩の殺気が一段と増している。なんでこんなに先輩を刺激する役ばっかりなんだよ！

修羅場になろうとしたとき、背後で叩きつけるような激しい物音がした。

乱暴に開け放たれた扉から入ってきたのは残りの二人。深月先輩と志穂先輩だ。

姿を見ただけで二人の役柄は想像できた。

深月先輩は、ハートマークのイヤリングに、丈の短いスカートとルーズソックス。きらびやかにデコられたスマホを弄っている様はどこからどう見てもギャルだ。

そして志穂先輩に至ってはもはや別人。メガネを外しておでこを見せた荒々しい髪型に、胸元まで開けた制服。この世の全てを憎んでいそうなしかめ面はヤンキーそのものだ。

早速、堅物の夢先輩が動く。

「二人とも！　集合時間ぎりぎりですよ、ちゃんと分かってるんですか！」

「チッ。うるせぇな」

志穂先輩は取り合わず、ドガッと椅子に座る。深月先輩もスマホに視線を落としたままガン無視して椅子に腰を下ろす。これまた二人ともえらい変わりようだ。

誰も聞く耳を持ってくれず、夢先輩は落ち込んだ様子で席に着いた。損な役回りだな。

いつの間にか玲奈先輩と円先輩は椅子に戻っており、白ノ瀬も着席して羽柴と話している。

「遠也くん、無視？」

「あ、いえ！　……あの、そろそろ会議の時間ですし、俺たちも席に着きましょう！」

「……わかった。話はあとでね」

なんとか保留に持っていけて一安心だ。まぁ問題の先送りだけども。

みんなに倣って座ると、先輩が自分の椅子を俺の真横に引っ張ってきて座った。

一つの空席があらましの重苦しさを演出する中、投票会議の時間になる。

それとぴったりに部室の扉から楓先生が現れた。ステンレス製の投票箱を胸に抱えている。

楓先生は無言で円卓に近づくと、まず投票箱を中心に置いてから、一人一人の背後に回って名刺サイズの用紙とボールペンを配る。

全員に行き届けると、無機質な声で告げる。

「これより投票会議を始めます」

それ以降は直立の姿勢を保ったまま沈黙する。

公平なGMの役といったところか。今日の家庭科の授業でも無感情な態度だったから、先生もプレイヤーと同じく学校生活の間は役を演じているようだ。

そしてどうやらルールの再説明はないらしい。たしかこのタイミングで『悪魔』に存在を消されたプレイヤーは席を外すことになっていたはず。

『……………』

しかし誰も立ち上がらなかった。つまり現状『悪魔』による失格者はいないようだ。

志穂先輩が行儀悪くテーブルに足を乗せて口火を切った。

「おい、全員揃ってるじゃねぇか。『悪魔』にやられるって話はガセかよ。何も起きてねぇんならうちは帰るぞ」

「あーしもこのあと彼ピと約束があるから早く帰りたいんですけどぉー」

「あなたたちは部長の件を忘れたのですか！　ここは話し合うべきでしょう」

二年生たちは対立し、

「夢先輩の言うとおりよ。部長の二の舞になるなんてわたしは絶対にイヤ！」

「アタシも、何もせずにこのまま過ごすのは不安だわ。消えた部長も心配だし」

一年生たちは会議続行に賛同し、

「部長ね……あの男、顔を合わせるたびに私の体をいやらしい目つきで見てきたし、私としては消えてくれてありがたいわ」

「私も遠也くん以外の男に興味ないし、どうだっていいよ」

三年生たちは無慈悲に部長を貶す。そんな嫌われ設定だったのか部長……。

個性が際立ってまとまる気配のない中、玲奈先輩がすっくと立ち上がった。

「まぁ皆、ワタシの美麗な姿をみて落ち着きたまえ。どのみちワタシたちにやるべき活動はないんだ。件の霊媒師がこちらにやってくるまでの間は、前回取り決めたとおりに怪しい人間を報告し合おうじゃないか」

あごに手を触れさせたナルシーポーズで存在感を示し、場のイニシアチブを取ろうとする。

志穂先輩が立ち上がりざまに手のひらをテーブルに打ちつけた。

「勝手に仕切ってんじゃねえぞこら。んな面倒なことやってられっか」

「ほう。一人の人間の存在が消失した状況で面倒とは。なんとも『悪魔』らしい考えだな」

「あ？　うちが『悪魔』だって言いてぇのか？」

「そのように言ったつもりだが？」

「話になんねぇ。それにオマエだってリーダー面してうちらのことを嵌めようって算段だろ」

「この中では才色兼備のワタシ以外に適した者がいないからに決まっているだろう。それともキミが率先して皆を導いてくれるのかな？」

「誰がやるかそんなだりぃこと」

「であればワタシに従うのが筋だ。まぁそれでも帰るというなら止めはしない。知らないうちにキミの『悪魔』疑惑が高まるかもしれないがね」

「……チッ」

忌々しそうに舌打ちをして、激しい音を立てて座りなおす。どうやら諦めたようだ。

「理解してくれたようで何よりだ。深月も会議参加でいいかな？」

「まじだるーだけど疑われるのヤだし、しかたないかぁ」

ずっと握り続けていたスマホをテーブルに放り出す。

これで反対派がいなくなり、やっと投票会議スタートか。前フリが長すぎる。

そもそもゲームとして考えれば、投票会議の場にいないことは不利に繋がるのだから帰るという選択肢はあり得ない。それでも役とストーリーを忠実に再現するなんて、改めて部員たちの演技に対する真剣さを知った。

玲奈(れいな)先輩は立ったまま会議を進行する。

「さて。それでは各々今日の行動を時計回りに話していってもらおうか。スマートに進めるためにも質問等は皆(みな)が一通り話してからにしよう」

そう言うと、おもむろにポケットから手鏡を取り出す。

「まずはワタシからだ。といっても〝一時間に一回ほど手鏡を覗き込んで自賛した〟と普段と何ら変化のない一日だったな」

やけに具体的な内容に、今日の行動＝お題であることを理解する。……なるほど。『悪魔』にはお題が設定されていないから必ず嘘をつく。失格者がいない現状そちらからアプローチしていくわけか。

続けて先輩の番だ。

「次は私だね。昼休みに〝大好きな人にお弁当を作ってあーんって食べさせてあげた〟よ。そうだよねー、遠也(とおや)くん」

あの甘々な行動の裏にはそういう意図があったのか。お題様々だな。

「はい。とても美味しくて大満足でした。それで俺ですけど〝クラスメイトと十分以上会話した〟ぐらいで特に変わったことはありませんでした」

　夢先輩が伊達メガネをクイッとする。

「次は自分ですね。自分は学生の務めを全うするため〝授業中の先生の質問に十回答えた〟ほど積極的に取り組みました」

　こういっては失礼だが、素の性格やこの間の会話から考えてそれほど頭良くなさそうだからこのお題はキツかっただろうな。

　羽柴は上機嫌そうに前のめりになる。

「アタシは〝クラスの女の子と趣味話をした〟わよ。すごく盛り上がって心から楽しめたわ！」

　そういえば、休み時間に数人の女子と裁縫道具を机に広げて楽しげに喋っていたか。傍から見てなんでもできるやつだとは思っていたが、あんな女子ウケのいい特技もあるなんて完璧なやつだな。

　志穂先輩は苛立たしげに頭を掻きむしる。

「うちは昼休みに〝飼育小屋の小動物どもに餌をやった〟。飼育委員のやつら面倒事を押しつけやがって、ただじゃおかねぇ」

　文句を言いつつ遂行するあたり、動物には優しいギャップ系ヤンキーらしい。俺も動物と触れ合えば悪い印象を払拭できるだろうか。今度試してみよう。

白ノ瀬は腕を組んでうんざりしたように溜息をつく。

「わたしも散々な一日だったわよ。どいつもこいつも変にからかってきて鬱陶しかった！……まぁ〝一人の男子から好きって言ってもらった〟のはちょっぴりだけ嬉しくないこともなかったけど……」

もしやそれって俺のことか。あの無意味な問答は好きと言わせるためだったのか。まんまと会話を誘導されてお題クリアのだしに使われたと思うと腹立たしい。

深月先輩は気怠そうに頬杖をつく。

「あーしは〝クラスの半数以上に挨拶をした〟よ。陰キャくんがキョドっててマジでウケた」

大して仲もよくない相手から声をかけられたら驚くのは当たり前だ。つまり今日の朝、俺は隣の席の人に同じことをしていたわけか。無意味に怖がらせて申し訳ない気持ちだ。

円先輩は下唇に人差し指を当てて妖艶に微笑む。

「私は暇つぶしに〝男の子三人にボディタッチしてドキドキさせちゃった〟。顔を真っ赤にしてあからさまに動揺してる姿が可愛かったわ」

そりゃあさっきみたいに過度なスキンシップされたら男はイチコロですよ。二度と先輩の前でしないでください、頼むから。

一周したところで玲奈先輩が進行に戻る。

「ふむ。これで全員が話し終えたな。何か気にかかった者はいるか？」

この中に嘘をついている人間がいるわけか。聞いたかぎり、どれも役に沿った内容で怪しい感じはしなかった。

みんなも同じ気持ちのようで沈黙が流れる。

「では質問を変えよう。茜の行動を藤城が認めたように、他に証明できる者はいるかな？」

すぐに白ノ瀬が手を挙げる。

「羽柴くんの行動は見たわよ。あと藤城くんもわたしと十分以上は話してるから正しいわ」

「俺も羽柴と白ノ瀬の行動は確認してます」

「じゃあさじゃあさ志穂っち、あーしの行動も見てたっしょ」

「ああそういや、やたら挨拶してたな。半数以上にしてたかどうかは分かんねぇけど」

「えー、してたしぃ」

「遠也くん以外の人には興味ないけど、怪しまれるのは面倒だから一応報告しておくね。私が確認できたのは玲奈と円の行動かな。玲奈は一時間に一回どころかしょっちゅう鏡を見てたし、円は休み時間に廊下で三人の男子たちを誘惑してたから本当のことだと思うよ」

そこで目撃証言が止まる。

「なるほど。一年生は三人とも同じクラスだから信憑性が高いな。そこからワタシたち三年生を外すと、残りは二年生たちの三名か」

その疑心を伴った言葉に、案の定、志穂先輩が食ってかかる。

「ふざけんな。そんな単純な情報で疑われてたまるかよ」

「しかし現状ではそう判断せざるを得ない。他に良い『悪魔』のあぶり出し方があるのなら聞くが？」

「……チッ。だったらこの中で一番怪しいのは夢だろ」

「なぜ自分なんですか⁉」

「だってオマエ、部室に来てから妙に忙しない様子だったじゃねえか。『生徒』を消しそびれて焦ってたんじゃねぇの？」

「こんな状況になれば当然でしょう！　それにそれを言うなら、最初からやる気のない深月こそ断然怪しいです！」

「はぁ？　あーしは基本いつもこんな感じだし、ちゃんと質問にも答えてるじゃん。つーか志穂っちでしょ。あーしの行動を見ておきながら認めないしー」

「だから数はかぞえてねぇって言ってんだろうが！」

三つ巴の論争は白熱していく。

なんとも疑い合いのゲームらしいが、ほぼ感情で推理が行われているのはまずい。このままでは無実の『生徒』が失格になってしまう。

プレイヤーが減れば勝利に近づくものの、それだけ『悪魔』に狙われる確率も上がる。

まだゲームは初日なのだ。人数が少なくなって『悪魔』の有利になることだけは避けたい。たしか全員が投票権を放棄した場合のみ会議が無効になったはず。そのことをフレンドリーに提案するのだ。

「みなさん、落ち着いてください！」

声を張ると三人の言い合いが止み、全員の視線がこちらを向いた。

「俺に提案があります。消失者は出ず、『悪魔』だという決定的証拠もない以上、今日のところは保留にするのが良いと思います」

みんな濡れ衣で失格になるのは嫌だろう。とくに三人はすでにその一歩手前にいるから俺の案に賛成するはずだ。

それにもしここで反対する者がいれば、その者は曖昧な情報だけで投票する意思があるということだから、何が何でも『生徒』を減らしたい『悪魔』である可能性が高い。『生徒』が失格になることを防ぎつつ『悪魔』を見破る。一石二鳥の策だ。

しかし、俺の思惑はすぐに潰えた。

「あぁ？　ここまで話しておいて、なんでそんな考えになんだよ？」

「まじー空気よめなさすぎてうっざ」

「提案があると言うから耳を傾けてみれば。とんだ期待外れでしたね」

「え、いやあの……」

真っ先に同意してくれるだろうと思っていた三人に反論されて言葉に詰まる。

「よく考えてみりゃあ、さっき言ってた藤城の行動っておかしくねえか。クラスメイトと十分以上話すなんて普通に過ごしてれば誰だってそうなるだろ」

「あーしもそれ思った。取り繕った感ぱないよねー」

「確かに他の人と比べると違和感がしますね」

「違います！　俺はただ感情的になって疑い合うのは『悪魔』の思うつぼだと思って……」

「だからって保留はねぇよ。それこそ『悪魔』は怪しまれずに済むから思うつぼだろうが」

「そんな消極的な気持ちでまた部長のような犠牲者が出たらどうするのですか！」

「志穂っちと夢っちにサンセー。ここまで話し合った意味がなくなるじゃん」

まるで示し合わせたように三人の矛先は俺に向く。――なんでこんなことになるんだっ。俺そんなに変なこと言ってないよな!?

やけに攻撃的な態度に、ふと、三日前の説明会で玲奈先輩が発した言葉がよみがえった。

『わざと嫌疑をかけて失格にさせるのもアリよ』

まさかこいつら……端から『生徒』『悪魔』関係なしにプレイヤーを蹴落とす気じゃ……。

志穂先輩が挑発するように口角を上げた。

「テキトーに考えたような行動の報告に、この危機的状況で甘ったれた提案をしてくる不自然さ。決まりだな」

手元にある用紙に俺の名前を書きなぐり、中央の投票箱に押し込む。

「ちょ、ちょっと待ってください！」

「言い訳はみっともねぇぞ。それともうちら全員を納得させる弁明でもあるのか？」

「それは……」

「ねぇよなぁ。だってオマエが『悪魔』なんだもんな」

「ち、ちが……」

「じゃあもっと本気で反論してみせろよ、ほらほらぁ！」

形勢逆転とばかりに嬉々とした態度で責め立ててくる。そこに三日前の理知的で穏やかな姿はない。完全にチンピラのそれだ。

他のみんなも同意なのか志穂先輩を止めようとせず、中にはペンを持っている者もいた。

窮地に立たされたとき。


「——ねぇ。いい加減うるさいよ」


隣から出たその声は小さいながらも、背筋に悪寒を走らせるほどの冷徹な響きだった。

突然怒りを向けられた志穂先輩は呆気に取られたように口を噤んだが、すぐに態度を戻す。

「茜センパイよぉ。彼女だからって庇うのはムリがあるん——」

「見てたの」

「あん？」

先輩は一呼吸の間を置いてから、

「8時12分、教室の入り口で立ち止まって緊張を解すように手のひらに人の字を三回書いて飲み込んだ。

9時53分、教科書を忘れたため隣のクラスに行って脅して奪おうとしたものの、相手が快く渡してきて反応に困った。

10時59分、廊下で大きなくしゃみをして照れ隠しに周りの生徒を怒鳴った。

11時51分、トイレの鏡で周りに人がいないか気にしながらヘアスタイルを整えた。

14時34分、音楽の移動教室で友達から一緒に行こうと誘われてぶっきらぼうに断ったものの、友達が少し悲しそうな顔をしたことで結局は一緒に行った。

15時39分、独りベランダに出て物思いに耽った」

まるで呪文を唱えるように一定の速さと声音で謎の言葉を話す。

そして本当に効果があったかのように志穂先輩の顔が青ざめた。

「なんでそんなこと知ってんだよ⁉」

「見てたの。ずっとずーっと見てたの。嘘だと思うのならもっと詳しく言おっか？」

「なっ……⁉」

志穂先輩は恐怖したように口を戦慄かせる。

先輩の話したのは朝のホームルーム前と休み時間帯だ。まさか……。

「もしかして先輩、わざわざ二年生の階に行って志穂先輩を監視してたんですか……？」

「ううん。みんなをだよ。もし遠也くんが『悪魔』に消されちゃったら私生きていけないから、そうなるまえに見つけ出そうと頑張りましたっ」

ピースをするかわいい仕草とは裏腹に行動が怖すぎる。ってことは一年生の階にも来て俺のことも見ていたのか。深森が休みで本当に助かった。

この状況でも冷静さを崩さない玲奈先輩が疑問を呈する。

「志穂の心当たりのある反応と、確かに茜は毎回休み時間にどこかへ行っていたから本当のことのようだな。しかし、そのことが藤城が『悪魔』でないという証明になるのか？」

「そ、そうだ！　うちの行動がなんだって言うんだよおら！」

少しだけ威勢を取り戻した志穂先輩に、だが先輩は一つも臆さない。

「べつに今話したことは関係ないよ。ただ私が志穂ちゃんを見ていた事実を知ってもらいたかっただけだから。本題は、さっき志穂ちゃんが話した自分の行動の矛盾だよ」

志穂先輩が話した行動——お題。昼休みに飼育小屋の動物に餌をあげた、だったか。

「今日の12時50分ね、いつものように遠也くんとお昼ごはんを食べようと中庭のベンチに行ったとき、プリントを片手に職員室に入っていく志穂ちゃんを偶然に見かけたの。それから時間が経って13時24分、遠也くんとお互いの愛について確かめ合ってたとき、志穂ちゃんが職員室から出てきたのを校舎の窓越しに確認した。そして13時32分、遠也くんと名残惜しく別れて校舎に戻ったとき、二年生の階で彷徨いてる志穂ちゃんの姿を目撃したんだ」

「…………ああ、なるほど。茜の言いたいことは分かった。要するに志穂がいつ飼育小屋に行って動物たちに餌やりをしたのか、ということだな」

「うん。みんなが報告し終わったあとで言おうか迷ったんだけど、べつに小さいことだから黙ってたの。でも好きな人をここまで蔑ろにされたらねぇ」

先輩の言っている意味は理解できた。

昼休み時間は12時50分から13時40分までだ。〝学校の片隅にある飼育小屋に行って餌やりを終えて校舎に戻る〟工程を十分以内で行えるはずがないと言いたいのだろう。

それは分かったのだが、しかし先輩の話した情報は間違っている。

実際に俺たちが別れたのは昼休みの終わりを告げるチャイムが鳴ったあとだ。病んだ先輩を宥めるのに時間がかかり、急いで教室に戻ったのだから。

つまり先輩は嘘をついている。

当然、志穂先輩は鬼気迫る表情で反論する。

「テキトーなこと抜かしてんじゃねぇ！　うちは昼休み始まってすぐに飼育小屋に行ったし、職員室には行ってねぇよ！」

「すぐって何時何分？」

「………………12時55分だよ」

「へぇ、飼育委員に押しつけられたー面倒だーってぼやいてたわりにはやけに行動が早いね」

「……っ⁉　し、しかたねぇだろ。待たせたら腹を空かせた動物どもが可哀想だろうがっ」

「優しいんだね。でもやっぱり昼休みが始まって五分は早すぎるよ。普通なら飼育委員と問答になってもっと遅い時間になるよね？　まぁそもそも話してすらいないんだろうけど」

「しっかり会話した！　それに誰も昼休みにしたって言ってねぇ。朝のホームルームが始まる前から頼まれ続けてて、うちはずっと拒否してた。だけどあまりに鬱陶しいからしょうがなく引き受けて早めに済ませたんだよ」

「ふーん。で、それを証明できるの？」

「おい、深月！　うちが飼育委員と話してたところ見てたよな？」

「やー……あーしは見てないかな……」

「は？　ウソをつくなっ、うちらの近くにいただろうが！」

「しらなーい。みてなーい。きいてなーい」

「なっ、ふざけやがって……！　――そうだ、夢！　朝うちの教室に来たとき見てただろ？」

「いえ……自分は見てません……」

「はぁ⁉　オマエまでうちをウソつきにしてぇのか！」

「自分は志穂が何を言っているのかさっぱりです」

先程の結託がまやかしのように掌を返す。

そんな二人の視線はちらちらと先輩に注がれていた。

その様子で気持ちを察する。

きっと先輩が怖いのだ。みんなの行動を見てたなんて脅迫まがいの発言をされれば誰だって敵に回したくないと思うだろう。とくに二人は一度俺を疑った。これ以上志穂先輩に加担すれば先輩から敵だと見なされてしまう。

だからこその知らんぷり。危険を冒してまで志穂先輩を助ける義理はないから。

「会議終了まで残り一分です」

不意のGMの声に、先輩はペンを持って用紙に志穂先輩の名前を書くと、みんなに見せびらかすようにひらひらさせる。

「私はやっぱり志穂ちゃんが怪しいと思うなぁ。みんなはどう思う?」

それは最後の恫喝だった。

志穂先輩以外のみんなはお互いに顔を見合わせたのち、記入し始める。誰の名前を書いているのか見なくても明白だ。

一気に流れが変わったことに、このゲームの本質を垣間見た気持ちになる。

俺は間違っていた。このゲームに必要なものは正しい推理でも人の嘘を暴くことでもない。

周りの投票を誘導する力、すなわち支配。

そして今もっともそれに長けているのは先輩だ。

「ふざけんなっ!!」

志穂先輩は椅子から立ち上がり、テーブルに激しく拳を叩きつけた。激昂にギラつかせた目を俺と先輩に向ける。

「なんでうちが怪しまれなくちゃならねぇんだよ！　どう考えても茜が言ってることはウソで、ただ彼氏を庇ってるだけじゃねえか！」

しかし訴えもむなしく、みんなは書く手を止めない。

「なんとか言えよおいっ！」

無言で続々と投票箱に用紙を入れていく。

そして全員が投票し終わったとき。

「――クソがっ！　こんな会議やってられっか！」

椅子を派手に蹴り倒し、そのまま荒々しい足取りで部屋の扉に向かっていく。

バタンッと激しく扉が閉まったと同時ぐらいに、GMがふたたび口を開いた。

「会議終了の時刻となりました。これより票を確認します」

投票箱から用紙を取り出して一枚一枚名前を改めたあと、

「投票の結果、外園志穂八票、藤城遠也一票。よってこの会議での失格者は外園志穂に決定しました。以上で、投票会議を終了します」

淡々と告げ、ペンを回収したのち投票箱を胸に抱えて部室を去っていった。

俺が志穂先輩の怒り狂った行動に度肝を抜かれて呆然としている間にも、他のみんなは何事もなかったように平然と席を立って帰り支度をする。

「遠也くん、私たちも帰ろ」

「は、はい」

そうして一日目の投票会議は幕を閉じた。


昇降口から校門までの途中。

「遠也くん、円に抱きつかれてデレデレしてた！」

「だからしてませんってば。そもそもあれは不可抗力で……」

俺は先輩から嫉妬を浴びせられていた。

投票会議が終わったあと、玲奈先輩と円先輩に触れられた件を掘り返されて部室からここまでずっと尋問されている。会議を挟むことで忘れてくれるだろうと密かに期待していたが、記憶力の良い先輩には通用しなかったみたいだ。

被害妄想がヒートアップする中、校門を越えた瞬間。

先輩は歩みを止めると「演技終了～」とにこやかに言ってググっと腕と背筋を伸ばした。

　そうか。役の演技は学校生活中だけだったか。

　いつもの先輩に戻ってくれて緊張が解ける。あのままでは精神が持たなかった。

「やっぱり役に成りきるって楽しいね」

「先輩は役に入り込みすぎです。昼休みから生きた心地がしませんでしたよ」

「それは遠也くんが私を不安にさせるようなことをするからだよ」

「ほぼ先輩の過剰反応じゃないですか。恐怖を煽るような行動をしてくるし………そうだっ、手首の怪我って嘘ですよね？」

「あ、これ？　もちろん巻いてるだけだよ」

　スルスルと解いて綺麗な肌を見せる。何ともなくてよかった。これでもし役のために自傷行為までしてたら色々な意味で心臓に悪い。

「もしかして本当に心配させちゃったかな。ごめんね」

「いえ、俺が心配性なだけなので。まぁ明日からは手加減してもらえると助かるんですけど」

「ふふっ、それは遠也くん次第だよ。隙あらば病むからね私は」

　つまり今日の状態を保つわけか。こちらのほうが病みそう。

　俺たちは帰路につきながら会話を続ける。

「さっきの会議のことなんですけど、志穂先輩の様子って演技ですよね？」

「うん。志穂ちゃんの真に迫った感じ凄かったね〜、思わず怯みそうになっちゃったよ」

「俺は本気で怒らせてしまったのかとひやひやしてました」

「演劇に携わってない人が見たらそう思うのも無理はないよ。全部虚構だから安心してね」

役作りであそこまで感情をむき出しにできるなんて、やっぱ演劇部やべぇな。

「みんな自信満々に役を演じてて凄いですね。……俺なんて声を掛けるだけで精一杯です」

「そういえば遠也くんの役って何だったの？　普段と変わらなかったように思えたけど」

「俺はフレンドリーです。なかなかみんなのように上手く演技ができなくて……」

「あー、でも遠也くんって素がそうだからなぁ」

「そうですか？」

「だって上級生の私と初めて会ったときも気兼ねなく会話できてたよ」

「あの時はやさぐれてたところに優しく声を掛けてもらってテンションが上がってましたからね。それにゲームの説明のとき、普段の性格とは異なるように考えたみたいなことを楓先生が言ってませんでしたっけ？」

「言ってたね。だから多分、楓先生は遠也くんのことを不良とまではいかないけど近寄りがたい生徒みたいな感じで勘違いしてるんじゃないかな」

「なるほど、たしかに今まで楓先生と直に話したことがなかったのでその可能性はありますね。俺だけ役がないようなものってのもズルいから言って変えてもらったほうがいいでしょうか？」

「うーん、今さらとなるとお題も考え直さないといけなくなるし、遠也くんは唯一の演劇初心者だからハンデとしてそのままでいいんじゃないかな。むしろ噂を払拭するチャンスかも」

すでに失敗しましたとは口が裂けても言えないので、「フレンドリーにも色々な意味があるみたいなので頑張ってみます」と言葉を濁した。

「でもやっぱり一番すごいのは先輩ですよ。みんなの行動を把握してたとは思いませんでした。よく正確な時間まで覚えられますね」

「勝利するためにはやれることをやらなくちゃだからね。時間はほら、このまえ貸したミステリー小説で数字の語呂合わせトリックがあったでしょ。あれを応用してみたんだ。10時59分は天国とか、15時39分はいちごみるくとか」

それをすぐに現実で実践して尚且つ成功させるなんてやっぱり先輩は天才肌だ。方法が分かれば真似してみようと思っていたが、そもそも語呂合わせが思いつかない時点で無理そう。

「一体『悪魔』は誰なんでしょうか」と訊いたら、先輩が口元で人差し指を交差させてくる。

「感想はいいけど、ゲームの核心をつく話し合いは禁止だよ」

「そうでした、つい……以後気をつけます」

「うんうん。正々堂々と勝負しましょう」

どうやら先輩はこのゲームに全力で取り組むみたいだ。

ここ数日はヤンデレ先輩の相手をしなければならないと思うと、やるせない気持ちになった。

演劇部ゲーム二日目

Theater club game / Day 2

今日も先輩の病みを受けないといけないのか、と重苦しい足取りで登校している途中だった。

「あっ、藤城くんだ！」

背後から名前を呼ばれて振り返ると、そこにはリョウたちの姿があった。

「おはよう」「おっはよー！」とそれぞれ挨拶してくる。昨日のオネエやツンデレが信じられないほど、どちらも快晴の朝に相応しい爽やかさで、まるでパァっと光り輝くエフェクトが背景に見えるようだ。これが人気者のオーラというやつか。

挨拶を返しつつ、三人横並びで歩く。

「二人はいつも一緒に登校してるのか？」

「そういうわけじゃないけど、白ノ瀬さんとは家の方向が同じだから度々一緒になるんだ。それにしてもまさか藤城くんにも会うとはね」

「でもちょうどよかったよ！　藤城くんに謝りたいと思ってたから」

「俺に謝る？」

「うん。昨日の放課後は夕凪先輩の前で変に絡んじゃってごめんね！　どうしてもわたしの役的に男の子に対して好意を寄せてるふうな演技をしなくちゃいけなかったからしょうがなくて。わたしに恋人はいないし、他のクラスメイトよりかはゲームに参加してる藤城くんがいいかなと思って断りもなく行動しちゃった」

「……まぁ役柄だから仕方ねぇよ」

「本当にごめんね！　もしうざかったら気にせず粗野な対応をしてもらっていいから！」

つまり今後も絡んでくる気でいるのか……。

「そんなに悪く思うぐらいだったら、俺より羽柴相手のほうがいいんじゃないか？　普段から一緒に演技してるんだから慣れっこだろ」

これ以上接してこられると先輩の相手に四苦八苦するから、あわよくば擦り付けたい。

すると二人は何やら顔を見合わせたのち、

「えーとほら、こういう演技って気心しれた相手とは照れるから昨日初めてまともに会話したぐらいの藤城くんのほうがやりやすいっていうか」

「そうだね。僕も白ノ瀬さん相手だと照れるな」

あれだけ異色の演技をしていて今さら恥ずかしいとかあるのか。少しだけ示し合わせたような雰囲気だったから他に理由があるような気がする。

まさかこいつら密かに付き合ってるとか？　……でもリョウの性格的にそれはないか。

勘ぐっている間にも、校門前に着く。

二人は顔を引き締めて息を整える。校門をくぐれば演技スタートだからだろう。昨日は平気そうに見えたが、やっぱり内心は緊張していたみたいだ。

人気者は絡まれて大変そうだなと他人事に感じていたら、

「遠也くぅ～ん!!」

「――――!?」

校門の向こう側から甘ったるい呼び声が聞こえてきて見ると、はしゃぐ子供みたいにぴょんぴょんと飛び跳ねながら両手を大きく振っている先輩の姿があった。手首だけでなく首にも包帯が巻かれていて病み度がグレードアップしている。もしかして俺が来るのをずっと待ち構えていたのか……嘘だろ……。

今から起こるであろうことを想像すると、すでに一日の終わりのような疲れた心境になる。

肩を落とす俺を見て、二人が気の毒そうな顔をこちらに向けてきた。

先輩から過剰な愛を向けられるショッキングな登校を果たして教室に行くと、風邪で休んでいた深森の姿があった。小顔には大きいぶかぶかマスクを着けている。

昨日に続いて白ノ瀬と羽柴が注目を浴びている最中、廊下側にある自分の席に座って携帯ゲームに興じている。相変わらず他人のことに感心がない。

挨拶がてら友好キャラを演じてみるか。

近づいて軽く肩を叩くと、深森はこちらを振り向いて片耳のイヤホンを外した。

「おはよう、深森！　風邪って聞いてすっごく心配してたんだ。無事で安心したぜ！」

「……藤城も風邪？」

「違うわ！　……これは演劇部の活動で、学校にいる間は役に成りきらないといけないいんだ。羽柴と白ノ瀬だっていつもと様子が違うだろ」

「二人と話したことないから分かんない」

「……さすがにクラスメイトの性格ぐらいは知っておけよ」

「キョーミない。それより藤城って演劇部に入ったの？」

「いや。先輩に誘われて今回だけ参加することになったんだ」

「ふーん。だからその変なキャラなんだ」

「フレンドリーだ！」

「え、さっきのが……？」

「そんな引いた顔すんな。仕方ないだろ、今まで演劇なんてやったことないんだから」

「上手下手の問題じゃないと思う。それに藤城は演技しなくてもフレンドリーじゃん」

「そうか？」

昨日先輩にも言われたが、自分ではよく分からない。

「このボクと友達になれたんだから自信持って」

「自虐的で反応に困るんだが……」

人付き合いの無さの自覚がありながら変える気のない態度に呆れていると、すぐそばの窓からガラスを小突く音が聞こえた。

目を向けると、廊下には先生——姉貴がいた。

内側の鍵を外して窓を開ける。

「なんか用か？」

「あんた、昼休み暇でしょ。球技大会の準備を手伝え」

いきなり訪ねてきたかと思えば、随分と上から目線のお願いだな。

「勝手に決めつけんな。誰がそんな面倒なことやるかよ」

「へー、断るんだ。フレンドリーなのに？」

「……なんで知ってんだよ？」

「楓ちゃんから聞いたのよ」

そういえば楓先生も姉貴のことを舞ちゃんと呼んでいたか。意外にも仲が良いらしい。

家で言わずにわざわざ学校で言ってきたのは俺の役を利用するためか。腹黒め。

「やらねぇよ。演技中だからってなんでもかんでも請け負うと思うな」

「ま、嫌ならべつにいいけど。せっかくあんたの勝利に貢献してあげようと思ったのに」

「はぁ？　どこが……」

そこで思い至ってしまう。

今日のお題が〝先生の頼みごとを完遂する〟ということに。

このタイミングの良さ。もしや今日のお題を考えたのは姉貴（こいつ）か……！

きっとそうだ。姉貴は体育教師だから球技大会の準備を任されるのは事前に分かっていたはず。ゲームに介入してまで俺を道連れにするなんてふざけてる。

お題には先生としか書かれていなかったから姉貴でなくてもいいのだが、普段でも頼みごとをされる機会が滅多にないうえ、わざわざこの俺に声を掛けてくる先生がいるとも思えない。

それが分かっているからこそ、俺に手伝わせる計画を思いついたのだろう。ちくしょうめ。

「嵌められた……」

「そういうことだから、昼休みになったらさっさと昼飯済ませて外の体育倉庫に来なさい」

勝ち誇ったような顔でそう言うと、俺の了承も聞かずに去っていった。

いつの間にか携帯ゲーム機の画面に向き直っていた深森（ふかもり）が「がんばー」と気のない声で励ましてきた。

＊＊＊

一緒にお昼ごはんを食べれないという旨を先輩に納得してもらうのに午前の休み時間を全て

消費してしまった。メッセージのやり取りだったが、文字だけなのに愛と悲しみの圧が強すぎて心が疲弊した。

こんなことになった元凶の姉貴を恨むが、先輩とデートという勝利報酬の前では断ることもできず、俺は素早く弁当を食べて教室を出た。

靴に履き替えてグラウンド端にある体育倉庫に行くと、姉貴はまだ来ていなかった。今日は球技大会準備のためグラウンドと体育館の使用は禁止になっているので辺りに人気もない。

六月の梅雨時季だというのに、こういう時に限って空は晴れ模様。照りつける日差しが暑い。体操服に着替えてくればよかった。

しばし倉庫の影で待っていると、校舎のほうからやってきたのはなぜか白ノ瀬(しろのせ)だった。一つ結びにした髪に体操服と、運動する気満々の格好だ。

「……何しに来た？」

「朝、藤城(ふじしろ)くんと先生の会話がたまたま聞こえたから手伝いにきてあげたのよ」

「いや、いいっす」

「なんでよ！　普通そこは感謝するところでしょ！」

「誰のせいで昨日の放課後ヒドイ目に遭ったと思ってんだ」

今の先輩は超行動派だ。きっともう少しすればこの場に駆けつけてくるだろう。そのときに白ノ瀬(しろのせ)と一緒にいる姿を見られれば昨日の二の舞になる。できるだけ演劇部の女子たちとは関わり合いたくない。

「あれは夕凪先輩が勘違いしたのが原因じゃない。わたしはただ藤城くんと話したかっただ……い、今のはなしっ。暇つぶしよ暇つぶし！」

「はいはい、分かったからもう教室に帰れ」

「そ、そんな言い方はなくない!?　もう、ぜーったいに手伝ってやるんだからっ」

　この引き下がらない感じ、またしてもお題のようだ。白ノ瀬も先生に関する内容なのか。わざわざ俺がいるときにしなくてもいいじゃねぇか。

　間の悪さにうんざりしていると、トレーニングウェアの姉貴がようやくやってきた。

「ん？　増えてる？」

「白ノ瀬も手伝いたいんだと」

「そうじゃなくて、あんたの彼女よ」

「は？　何を言って――――っ!?」

　姉貴の視線をたどって倉庫を振り返ると、外壁から顔を半分覗かせてこちらを凝視する先輩がいた。

　動揺している間にも、先輩はゆっくりとした足取りで俺の前まで歩み寄ってくる。

「せ、先輩……いつからそこに……？」

「遠也くんが来たときからだよ。声をかけようと思ったんだけど、その前に白ノ瀬ちゃんが来たから様子を窺ってたの」

「あの、白ノ瀬が来るのは俺も知らなかったというか……」

どこか嬉しそうな表情をしたあと、スーッと目の色を失わせて「……ほんとによかった……やましいことがなくて……でないと私……」と不吉なことを呟く。

どうやら命拾いしたようだ。今度からは常に先輩がそばにいると思って話したほうがいいな。

「はい。お義姉さんも手伝ってくれるの？」

「夕凪さんのために頑張りますっ」

「ああ、そういうキャラなのね………まぁ、夕凪さんみたいな良い子が義妹になってくれればあたし的には嬉しいけど」

「お義姉さん公認だよ！　やったね、遠也くん！」

「は、はい」

家族の前で恋愛のあれこれを話すのはなんだか無性に恥ずかしい。

三人で話していると、白ノ瀬が気まずそうに会話に入ってくる。

「あの、わたしもいるんですけど……」

「あ、そうだった。姉貴、白ノ瀬も手伝ってくれるんだってさ」

「ええもちろん。予定どおりよ」

まさか白ノ瀬のお題にまで手を加えていたのか。職権乱用しすぎだろ。

その後、倉庫からラインカーとメジャーを引っ張り出し、姉貴の指示どおりに先輩と白ノ瀬が距離を測って俺がまっすぐな線を引いていった。

四人がかりだったので難なく二面のサッカーコートを作って昼休みを終えた。

＊＊＊

放課後、先輩と部室に行く。

昨日よりもだいぶ早い時間に来たため、室内にはまだ夢先輩しかいない。

真面目に席に座っている夢先輩は、手を繋いだ俺たちを見て辟易したように溜息をつく。

「時間に余裕を持って来たのは良い心がけですが、そのように所構わず慣れ慣れしくするのは感心しませんね」

「これは夢ちゃんが考えるような悪いことじゃなくて、清い愛の証明だから何も問題ないよ」

「あなたが良くても周りの人たちがそう捉えるとは限りません。あなたとは一度真剣に話す必要がありそうですね。ちょっと隣に座りなさい」

「私も夢ちゃんと話したいと思ってたんだ。……主に昨日遠也くんを疑った件について、ね」

「え？」

笑みを消す先輩に、予想していた展開と違ったらしく困惑する。墓穴を掘ったな。

夢先輩が犠牲になってくれている間、俺はこそこそと椅子に座ってこれからのことについて考える。昨日みたいなヘマをして苦境に陥るのはもう懲り懲りだ。

前回と同じで『悪魔』に消されたプレイヤーが存在せずにお題の話になった場合、〝先生の頼みごとを完遂する〟という俺の行動は先輩と白ノ瀬が証明してくれるだろう。とくに白ノ瀬は俺と姉貴の会話を聞いているし、外野の姉貴が関わっていることで信憑性が高くなる。疑われる心配はない。

問題は、誰かが『悪魔』に消されていた場合だ。

俺は昼休みに先輩と白ノ瀬といただけで他の時間帯は常に一人だった。白ノ瀬と羽柴が同じクラスだといっても逐一俺の行動を見ていたわけがない。休み時間に何をしていたか問われたとき、その答えの証明人がいないのは厳しい。これは他の人も似たような状況であることを祈るしかないか。

次は攻め手で考えてみる。

現状、俺の中で『生徒』だと思うのは白ノ瀬だ。お題を達成しようという姿勢と、二人っきりの場面で襲う素振りを見せてこなかったことが理由だ。

後者については先輩もだが、これまでトリッキーな動きが多すぎて全幅の信用は置けない。

まぁ先輩が勝つ分には全然かまわないけど。

逆に『悪魔』だと思える人は今のところいない。

熟考していると、夢先輩との会話を終えたらしい先輩が隣の椅子に座る。

「遠也くん、難しい顔してどうしたの？」

「あ、いえ。このあとの会議でどう立ち回ろうかって考えてました」

「心配しなくてもいいよ。今日も私が守ってあげるからね。夢ちゃんも納得してくれたし」

見ると、夢先輩がテーブルの上にぐでーっと頭を預けて疲れ切っていた。可哀想に……。

それから愛に飢えた先輩に絡まれている間にも、続々と部員たちが集まってきた。

各々が雑談を交わして過ごす中、投票会議の時間が差し迫っても志穂先輩だけは来なかった。

憤った演技を続けているのか。どのみち失格になって投票権はないから私事や球技大会の練習を優先したのかもしれない。

投票会議の時間になり、それぞれが昨日と同じ席に座った。

すぐに投票箱を抱えた楓先生が現れ、テーブルにペンと用紙を置いたあと口を開く。

「これより投票会議を始めます」

まずは『悪魔』による失格者の公表だ。

みんなが緊張した面持ちで待った結果――――誰も席から立ち上がらなかった。

玲奈先輩が額に二本の指をつけたウザ決めポーズをしながら颯爽と立つ。

「それでは前回同様、ワタシが進行を務めよう。異論のある者はいないな？」

横暴な志穂先輩がいないこともあり、反論する人はいなかった。

「まずは皆が無事でなによりだ。やはり志穂が『悪魔』だったみたいだな」

たしかに二日連続で『悪魔』が行動しないのは変だ。

『悪魔』の勝利条件は五日目のゲーム終了までに『生徒』と同数になること。普通であれば手を拱くわけがないからすでに失格になっていると考えるのが妥当だろう。

しかし、本当に志穂先輩が『悪魔』だったのか。

志穂先輩が投票された理由は先輩のごり押しによるものだ。話した経緯はデタラメで、志穂先輩が『悪魔』だという確たる証拠は一つも出ていなかった。ゲーム初日にして運よく当たっていたなんて奇跡がそうそう起こるとは思えない。

その危ぶみは俺だけじゃなかったようで、すぐに夢先輩と白ノ瀬が声を上げる。

「その考えは早計です！　何かしらの理由で『悪魔』が行動に出なかっただけかもしれないですよ。自分たちは慢心することなく怪しい人物を捜すことに尽力するのが正しいです」

「そうよ。このまま呑気に時間を潰すなんてありえないっ。もっと話し合うべきよ」

「ふむ。二人の言うことにも一理あるな。では前回と同じく皆の行動を――」

そのとき、不意に深月先輩が手を挙げた。

「……まだワタシが話している途中なのだが。何か申したいことでもあるのかな、深月？」

「…………」

だが深月先輩は何も答えなかった。まるで言うのを躊躇うかのような渋面はギャルの役柄に似つかわしくない。

そういえば部室に入ってきたときからどことなく暗い雰囲気だったような気がする。昨日のようにスマホを操作するわけでもなく、ただ黙って席に着いていたし。

明らかに様子がおかしくて、みんなが反応に困っていると、

「――バック・トゥ・ザ・オリジナル」


ようやく口を開いたかと思えば、そんな謎の言葉を発した。

そしてその瞬間、俺以外のみんなが驚きに顔色を変えた。

一人だけ状況を把握できずにいると、それを察してくれた先輩が「今の言葉は〝元に戻る〟っていう意味で、部で取り決めた演技を中断させる合言葉なの」と言葉どおり素の性格に戻って教えてくれた。

なるほど。役を演じていると、その言葉や態度が演技でなのか素でなのか分からなくなる。緊急時や不仲防止の観点から定めているのだろう。

要するに演技を止めるほどの何かがあったわけか。

深月先輩は立ち上がって頭を下げた。

「ゲームを中断させてしまってごめんなさい！　どうしても気になったことがあって……こっそり玲奈先輩に訊ねようとも考えたんですけど、たぶん私みたいに戸惑う人が後から出てくると思ったので、この際はっきりさせておいたほうが良いとこの場で訊くことにしました」

「べつに構わないわよ。それで気になったことって何？」

「その……部員以外の人にゲームの協力をしてもらってるのかなと思って……」

「協力？　どういうこと？」

　要領を得ない答えに玲奈先輩が首を傾げると、深月先輩は「ご、ごめんなさい、経緯を話します」と慌ててから、たどたどしい口調で話しはじめる。

「志穂のことについてです。昨日、投票会議が終わったあとで一緒に帰ろうと姿を捜したんですけど、どこにもいなくて……志穂は真面目だからきっと演技を続けてるんだろうなって、その日は帰りました。でも今日学校に来てなくて、欠席かどうか担任の先生に訊ねてみたんです。そしたら……」

「そしたら？」

「……そんな名前の生徒はクラスにいないって…………そのあと友達にも訊いてみたんですけど、私が演技で架空の人物を創り出してるってからかわれるばかりで……我慢ならずに演技を止めて志穂の席を指しながら訊いたら誰の物か分からないってみんな言うんです」

　その時の光景を思い出したのか、恐怖するようにテーブルの上に置いた両手を握りしめる。

聞いたかぎりだと、あらましで部長が消えた展開と同じだ。たしかにリアリティを出すため生徒たちに協力してもらっていると解釈してもおかしくない。

しかし、ゲームに関する情報は妨害される恐れがあることから口外禁止だったはず。協力を依頼しては本末転倒だし、そもそも演劇部のためだけにそこまで動いてくれる生徒がいるとも思えない。

「アタシはそんな話は聞いてないけど……」

玲奈先輩が答えを探すように他の部員たちを見回すと、それぞれ首を横に振った。誰も知らないみたいだ。

必然的にみんなの視線は顧問に集まる。

だが楓先生は何も答えず、その場に直立したまま顔を動かそうともしない。

「…………」

「あの、もしかして私なにか不都合のあることを言ってしまったでしょうか……？」

不安に駆られた様子の深月先輩の問いに、しばらくの間を置いてから楓先生はやっと振り向いて反応を示し——

「冬雅深月。役の放棄は禁止事項です。合計二度の注意で失格となります」

ロボットのような抑揚のない声でそう言った。

この状況でまだGMの役を続ける不自然さにみんなが唖然とする中、気丈な玲奈先輩と円先輩が口を開く。

「ちょっと楓先、冗談きついわよ。いくらリアリティを出したいからってここまで不安を煽ったらゲームどころじゃなくなるでしょ」

「玲奈の言うとおりだ。伝えていない事項があるのなら一旦仕切り直したほうがいい」

「…………」

前方に向き直った楓先生は、相変わらずの無反応。虚ろな眼差しは、まるで何者かに意思を乗っ取られたように虚空の一点を見つめ続けている。

とても演技には見えない様子に違和感を抱いたとき、俺の脳裏にある憶測が浮かぶ。

そして俺と先輩が顔を見合わせたのは同時だった。何を言わずとも考えていることは分かる。

深月先輩の語った志穂先輩の存在消失と、楓先生の度を越したGM続行。

常識では考えられない事項の答えは一つしかない。


もしかして、またヒロインズプレイによる怪現象が起きているのかっ⁉

久峰高校裏七不思議の一つ、ヒロインズプレイ。学校の北側にある山林、そこに佇む少女の祈り像のまえで祈りを捧げるとその内容が叶うという怪談話だ。

聞いたかぎりでは作り物めいた話だが、実際にその内容を試した先輩は偽者の自分が現れるという不可思議な事態へと陥り、危うく取って代わられるところだった。

今この状況が演技でないとすれば、そうとしか考えられない。

誰かが少女像に祈った結果、ゲームが現実化したのだ。

でも一体誰が。この中にいるのか。一体なにを祈ったというのか。

知らないうちに怪現象の渦中にいて半ば混乱していると、切迫した面持ちの先輩が押し殺した声を掛けてくる。

「遠也（とおや）くん、お願いっ。この場をまとめてみんなを演技に戻して」

「ま、まとめる？　俺がですか？」

「私の役じゃダメなの」

その言葉で先輩の言わんとすることが理解できた。

昨日の投票会議を境（さかい）に志穂（しほ）先輩の行方が分からなくなったことから、失格すれば存在を消される可能性があり、このまま素の状態を続ければ二人目の犠牲者が出てしまう。

だが恋人に関連したことにしか興味を示せないヤンデレの先輩が率先してみんなを引っ張っていくのは役の放棄と見なされかねない。場をまとめるなら俺の役が自然だ。

そうと分かれば、誰かが注意を受けるまえに動かないとっ。

まずはみんなの意識をこちらに向けさせるため、二度大きく手を打ち鳴らした。

楓先生以外の全員の視線が集まったのを確認してから提案する。

「みなさん、落ち着いてください。きっと志穂先輩は『悪魔』に存在を消されてしまったんだと思います。ここは早急に『悪魔』を捜し出すためにもお互いの行動を話しましょう」

「はぁ？　こんなときにあんたは何を言って……」

「玲奈。まだ遠也くんが喋ってるよね。邪魔しないで」

玲奈先輩は一瞬驚きつつも口をつぐんだ。どうやら信頼の置ける先輩が演技を続けていることで、こちらに何かしらの意図があることを感じ取ったようだ。

そしてそれは他のみんなも同様らしく、無言で俺の次なる言葉を待つ。

ひとまず場を鎮められて安心だ。口さえ開かなければ素の状態とは判断されないだろう。

「沈黙を了承と受け取ります。それでは俺から時計回りに今日の行動を話しましょう」

それからは各々演技を再開させて、どこか緊張交じりにお題を話していった。

「――これで全員が話し終わりましたね。今の中でなにか気に掛かった人はいませんか？」

当然、この状況で他人を疑う部員はいなかった。

「会議終了まで残り一分です」

「……どうやら誰かを『悪魔』だと疑う要素は見つけられなさそうですね。進展がなく残念ですが、もう部活時間もないようですので今日は保留にしましょう」

「遠也くんに賛成！　……もちろん誰も異論はないよね？」

みんなは気圧されたように頷いて用紙とペンに手を付けなかった。

「会議終了の時刻となりました。これより票を確認します」

楓先生が中身のない投票箱をすぐに確認し終えたのち、

「投票の結果、票なし。全員が投票権を放棄しましたので、この会議での失格者はいません。以上で投票会議を終了します」

それだけを告げると、機械のように一定の足取りで部室を去っていった。

狐につままれたように誰も動けない中、先輩が俺に向けて両手を合わせてくる。

「遠也くん、ごめんなさい！　じつは私、このあと用事があるの。でもゲームについて話したいことがあるから〝学校近くの公園〟で待っててくれるかな⁉」

＊＊＊

校門を出て、県道沿いを少し歩いた先にある市民公園。

その一角にある東屋に、俺と先輩、そして演劇部の全員が集まった。

『学校外で話し合おう』という先輩の意図をみんなが察した結果だ。四角いテーブルを囲った長椅子に、俺と先輩以外は学年ごとに隣同士で座っている。対面には二年生、右側が三年生で左側が一年生だ。

時計台が示している時刻は午後6時。公園に人気はなく、血が滲んだような赤い夕日に照らされた風景は物悲しくもあり不気味でもある。

それは俺たちの陰鬱な様子も相まっているのだろう。

全員が集まるまでの間、口を開いた者は誰一人としていなかった。今の状況が現実か夢か判断に戸惑うように、ただただ苦悶の表情を浮かべているばかりだった。

こんな不可解な現象に巻き込まれれば当たり前か。経験している俺でさえ困惑したのだ。自暴自棄にならないだけ肝が据わっているのかもしれない。

はじめに沈黙を破ったのは、やはり先輩だった。

「集まってくれてありがとう。演技を続けながらじゃ話せなかったから助かったよ」

素の穏やかな性格で、暗く沈んだ雰囲気を晴らすように気丈な声で言う。

「みんな不安だろうけど気を確かに持って。これから私が話すことに耳を傾けてほしい」

全員が顔を上げて小さく頷き、真剣な眼差しを先輩に向ける。

「まず、私はここに来るまえに深月ちゃんが話してくれた現状を再確認しようと二年の教室や職員室に行って志穂ちゃんのことを訊いてみたの。そしたら確かに知らぬ存ぜぬだった。だからこれは演劇の延長上なんかじゃなくて現実に起こっている出来事だと認識して」

俺もちょうど外に出たときに姉貴と会ったから訊いてみたところ、結果は同じだった。二年生の授業を受け持っているから志穂先輩のことを知らないはずがないが、怪訝な顔をされるほどに俺の言葉が通じていなかった。

「じゃ、じゃあ志穂はどうなるんですか、もしかしてこのまいなくなって……！」

「深月ちゃん、落ち着いて。志穂ちゃんがいなくなってるのは一時的な話だよ。私が絶対に助け出すから安心して」

先輩の揺るぎない声音に多少なりとも平静を取り戻したようで「はい……話の腰を折ってすみませんでした」と恥ずかしそうに肩を萎縮させた。

玲奈先輩が空気を変えるように質問する。

「これが現実なのは分かった。もしかして前に茜が陥ってた状況と関係があるの？」

「私の件と直接的な繋がりはないけど、至った経緯は同じだと思う。みんなは学校の裏七不思議ヒロインズプレイについて知ってるかな？」

するとなぜかみんな戸惑った様子で顔を見合わせる。

俺と先輩が疑問を感じていると、やがて玲奈先輩が代表して答えた。

「ここにいる全員が知ってるわ。実際にみんなで祈ったからね」

「みんなで祈った？　それって最近のこと？」

「ええ。先週の説明会が終わって茜たちが帰ったあとよ」

「祈りの内容は？」

「〝ゲームが無事に成功しますように〟って」

「それは玲奈だけじゃなくて全員が同じことを？」

「声に出したわけじゃないから一言一句同じか分からないけど、方向性は一緒だと思うわよ」

部員たちはそれぞれ頷いて同意を示す。

俺は無意識に唇を噛んだ。まさか全員だとは思わなかったからだ。少女像にはまだまだ謎めいた部分があるが、今回は複数人の祈りが誤った形で反映されたというのか。

先輩もこのことは想定外だったらしく眉を顰めて考え込む。

円先輩が「なるほど」と理解を示した。

「つまり私たちの祈った行為がトリガーになって今の状況が起きているわけか。その根拠は？」

「それは以前に私も少女像に祈ったことがあって、そのせいで今とはべつの非現実的な事態に巻き込まれていたの。もし遠也くんが助けてくれなかったら今ここに私はいなかったと思う」

衝撃的な告白に、玲奈先輩以外が信じられないとでも言いたげに目を剝く。……リョウには前に学校の屋上で話したはずだが。こんな時まで演技を続けてんのかこいつは。

「アタシは事前に教えてもらっていたし、アタシ自身思い当たる節があるから本当のことよ。……少女像のことは聞いてなかったけど」

「ごめん、あえて言わなかったの。こんなことになるなら話しておけばよかった……」

ヒロインズプレイがただの怪談話でないと知れ渡れば今以上に興味本位で訪れる生徒が多くなり、それだけ怪現象を誘発する可能性が高くなるため、口外しないことを先輩と二人で取り決めているのだ。今回はそれが裏目に出てしまったようだ。

「茜のせいじゃないわよ。それに茜が無事ってことは解決方法があるんでしょ？」

「うん。ただ私の時とは状況が違うから、もう少し情報を集めないと確定的なことは言えない」

その返答に少し違和感を覚えた。

先輩の件を鑑みると、解決には祈り者（怪現象を引き起こすに至った人物）の願いが関係している。たしかに今回は複数人という違いがあるが、どうしてそのことを話さないのか。なにか意図があるのか。

「だから今は二人目の消失者が出ないよう対策を講じよう」

疑問を感じている間にも、先輩はどこか強引に話を進める。

「志穂ちゃんの行方が分からなくなった時点を考えると、ゲームでの失格が存在の消失に繋がってるのは間違いない。そして失格になる要素は三つある。投票会議で一番多くの票を入れられる、『悪魔』による存在消し、禁止事項を破る。このうち最初二つは心配ないとして、問題はやっぱり禁止事項だね」

その言葉に、ずっと深刻な表情をしている夢先輩が「え？」と疑問の声を出した。

「投票会議は今日みたいにすればいいけど『悪魔』はなんで大丈夫って言いきれるの？」

「想像してみなさい、もし夢が『悪魔』だとして誰かを消そうって考える？」

「……あ、そっか、そうだよね。もうただのゲームじゃないもんね……」

こんなことになっても役割を続けるなんてそいつは本当の悪魔だ。

「分かってもらったところで、禁止事項をおさらいしよう。
①ゲームの進行を妨害する。
②投票会議以外でのゲームに関する言及。
③役の放棄。
④配役カードを見せ合う、または盗み見る。
——の四つだね。それで玲奈に聞きたいんだけど、これは玲奈が考えたの？　それとも楓先生？」

「楓先よ。アタシがつい考えるのを忘れてたら用意してくれてたの」

「具体的なことは聞いてない？　例えば①はどんな行為がそれに当たるのかとか」

「……聞いてないわね。説明会で話した以上のことはアタシも知らないわ。元々この中に破る人がいると思っていないから意識になかった」

「じゃあ完全に楓先生の裁量に拠るわけだね……」

明確な線引きがないのは厄介だ。常に気を配っておかないと知らぬ間にうっかりということもあり得る。こうなるなら説明会のときにもっと深く質問をしておけばよかった。

「②は大丈夫なんですか？　僕たちゲームのことについて普通に話してますよ」

「私は勝敗に関係することを話さなければ破ったことにはならないと思ってるけど……」

「アタシも茜と同じ考えね。もし最悪違ったとしても楓先の前でしなければいいと思う」

それを聞いたリョウは納得したように一度頷き、あごに手を当てて考える仕草をする。

「だったら②は問題ないとして。①は考えるに、例えば投票会議のときに他のプレイヤーの投票を邪魔するとか、部室の鍵を閉めて投票会議自体を開けなくするとか、ゲームの流れを阻害する行為をしなければ大丈夫で、④も配役カードを家に置いておけば安全だから……やっぱり一番注意すべきは③ですね。学校には楓先生がいてどこから見てるか分からないですから」

「そうね。ただこれについては茜が説明会のときに放棄の判断基準を訊いたわよね。そしたら普段学校にいる時の性格に戻るだっけ」

「うん。深月ちゃんが注意を受けたことからしても素の性格を出すのは危険だね。ただ他にも判断要素があることを用心して、これまで通りに配役の行動理念に沿って生活したほうがいいと思う」

円先輩の「当面は心穏やかでない日々が続きそうだな……」という呟きのあと、会話が途切れた。

誰も二の句を継げず、絶望の淵に立たされたかのように沈んだ顔を俯かせる。

その様子は過去の自分を見ているようだった。先輩を助けるために様々な行動をしても一向に暗雲が晴れず、失意に暮れた自分を。

不安や焦燥が痛いほど伝わり、黙ってはいられなかった。

「こんな意味不明な事態になって気落ちするのも分かります。だけど悲観的になればなるほど状況は悪化します。ここは意地になってでも前向きに解決手段を探しましょう」

立ち上がって鼓舞すると、すぐに先輩があとに続いてくれる。

「遠也くんの言うとおりだよ。このまま弱気になって冷静さを失ったら解決できることもできなくなる。辛いだろうけど、こんな状況だからこそ気持ちを奮い立たせよう」

しばらくして、最初に言葉を返したのは玲奈先輩だった。

「まだ何の解決策もないのに二人は強気ね…………でもまぁ、うじうじと悩んでても時間を無駄にするだけよね。志穂を助けるためにも立ち止まってる暇はないわ」

呼応するように勇気は広がっていく。

「そうだな。志穂を失格にさせたのは私たちだ。自分の心配のまえにやることがある」

「うんっ、志穂を取り戻さなきゃ。こんな時こそ演劇部の見せ所だよ！」

「はい、僕も志穂先輩を助けたいです。僕にできることがあったら何でも言ってください」

「そうですよね。わたしも余計な思考に囚われないよう志穂先輩の救出だけを考えます」

気持ちを立て直したようでホッとする。失意のどん底に嵌まる危機は避けられたみたいだ。

唯一まだ憔悴した顔を俯かせている深月先輩に、先輩が優しく声をかける。

「深月ちゃん、心配しないで。みんなで協力すれば絶対に志穂ちゃんを助けられるよ」

尊敬する先輩の言葉とみんなの励ましの頷きに、深月先輩は上げた顔を少しだけ緩ませて、

「……はい、ありがとうございます。私も助け――――っ⁉」

そして表情を恐怖へと歪ませた。

一変した様子に驚きと疑問を抱く間にも、まるで深月先輩の感情が伝染したかのように俺と先輩以外の顔色も青ざめている。

全員の視線は俺たち……ではなく、その背後に注がれていた。

先輩とともに振り返ると――眼前に楓先生がいた。

「世良円。夕凪茜。星宮夢。投票会議以外でのゲームに関する言及は禁止事項です。合計二度の注意で失格となります」

名前を呼びながら三人の顔を順々に見て注意を促すと、それ以上は何も言わずに学校がある方向へと体を転換させて公園を去っていく。

楓先生の後ろ姿が完全に見えなくなったあと、深月先輩が「先生……急に現れた……瞬間移動してきたみたいに……」と震える声を出す。

「僕と白ノ瀬（しろのせ）さんが見てる方向からは来た様子がなかったですけど、まさかそんなこと……」

「そ、そうですよ。ただ見逃してただけじゃ……」

「見逃しじゃないッ！　本当に瞬く間に現れた！　玲奈（れいな）先輩たちも先生が来たところを見てないですよね⁉」

「ええ……楓先（かえせん）がこの時間帯に公園を彷徨（うろつ）いてるなんておかしいわ……」

「せ、先生……さっきわたしの名前を呼んでたよね……もう一回注意されたらわたしも、き、消えちゃうの⁉」

「…………志穂（しほ）のことを鑑みればそうだろうな……」

「じゃあどうするんですかっ⁉　このままだと志穂（しほ）を助けるどころか、私たちも同じように消えて……」

部員たちが混乱の渦に呑み込まれそうになったとき、先輩が「みんな！」と大声を上げた。

突然の行動に全員が驚いて一斉に会話を止める。

先輩は厳しい顔つきで口元に人差し指を当てた。

「今から言葉には気をつけて。さっき羽柴（はしば）くんの言った懸念が当たっていたみたい」

その焦りはもっともだ。

これがヒロインズプレイによる怪現象なら（これまで数々のあり得ない事象が起こったのだ）瞬間移動してきた事実はさして気にすることじゃない。

問題なのはどこからでも現れる、つまりどこにいようと楓先生の監視が届く点だ。近くにいないからと油断はできなくなった。

そして注意を受けたことから、ゲームに関する言及の抵触範囲はゲーム全般を指すようだ。これでは無闇に感想すら口にできない。

しかし、それについては疑問もある。

どうして言葉数の少なかった人まで注意を受けたのか。説明会の記憶を思い起こせば一度目は大目に見ると言っていた。

ここまで僅かしか言葉を発していない俺たち一年生や深月先輩が免れたのは当然だが、それを言うなら円先輩と夢先輩も同様のはずだ。しかも反対に先輩と同じぐらいに喋っていた玲奈先輩は注意を受けていない。

その差異は何なのか。

「できるだけ話すのは控えよう。たぶん今までの会話も聞かれてたと思うから」

「……確かに私は、昨日この活動のことで弟妹たちと長く話した……」

「わ、わたしも夕食の時にお母さんとたくさん話しちゃった……」

先輩の言葉と、思い当たる節がある二人の反応で、俺はようやく疑問の答えを得た。

俺が昨日の帰り道で先輩と感想を語り合ったように、円先輩と夢先輩も投票会議以外でゲームに関することを俺以上に多く喋ったのだろう。

要するに（今日の投票会議で深月先輩だけが役の放棄の禁止事項に触れたのと同じで）これまでの反則を累計したうえで大目の範疇を超えたから注意へと至ったのだ。

加えて、楓先生が現れたタイミングから察するに、失格になったプレイヤー（志穂先輩）の名前を言うことも累計を増やす一因らしい。

だからおそらくゲームに関する言及の具体的な注意の判断基準は、『ゲームに関する語句を口にした回数』だと思われるが、他にも話した時間や言葉の文字数の可能性もあるし、何より楓先生の許容範囲が曖昧すぎて何が安全か決め打ちできない。

他のみんなも先輩の言いたいことを理解したみたいで、先程の高まった士気が幻だったように沈黙し、暗澹とした状態に逆戻りだ。

「この続きは次の話せる機会にしよう」

結局、先輩の言葉を最後にその場は解散となった。

公園からの帰り道を先輩と二人きりで歩く。

昨日と同じ情景なのに、心持ちはまったくと言っていいほど異なっている。辺りの木々から聞こえるカラスの鳴き声が焦燥感を急き立てるようでうるさい。

公園を出てお互いに無言が続いている。当然、ゲームに関する言及の禁止事項を恐れてだ。

だが、このままでは情報交換ができず、いつまで経っても解決の糸口を見つけられない。

抵触となる線引きを見極めるためには、まだ一度も注意を受けていない俺が動くべきだ。

俺は立ち止まり、先輩の顔を見る。

「先輩。これから俺がヒロインズプレイのことについて独りで話すので、先輩は見守っててください」

「――――！　それは危な……」

「心配しないでください。失敗しても俺はまだ大丈夫ですから」

気丈に笑みを作ってから、意を決してヒロインズプレイに関する言葉（祈り者や少女の祈り像など）を立て続けに口にした。

『…………』

先輩とともに緊張しながらしばらく待つ。

結果、いくら待っても楓先生は現れなかった。

俺は安堵の息をつく。

「どうやらヒロインズプレイのことについて話すのは大丈夫みたいですね」

先輩も胸を撫で下ろしたが、すぐに顔色を曇らせる。

「まさかこんなことになるなんて……ごめんなさい、また遠也くんを巻き込んだ……」

「謝らないでください。たとえそうでなかったとしても自分から飛び込んでいきましたよ。むしろ経験者の俺と先輩が居合わせたことをプラスに考えましょう」

一度辛い体験をしたからこそ見て見ぬふりはできなかっただろう。それに今回は一人じゃない。誰かと気持ちを共有できる時点でだいぶマシだ。

先輩は「……うん。やっぱり遠也くんは頼もしいな」と少しだけ元気が戻ったように微笑んだ。

「口先だけにならないよう頑張ります。——それで、さっきの……会話なんですけど、一つだけ気になったことがあって。どうしてみんなに解決方法を話さなかったんですか？」

今もなお監視しているであろう楓先生に禁止事項だと判断されないよう慎重に言葉を選びながら訊ねると、先輩はすぐに俺の疑問を察したようだ。

「それを明確にしなかったのは、疑心暗鬼を生む要因になりそうだったからだよ」

「疑心暗鬼？」

「うん。私の経験上、少女像が反応を示すのは心の底からの深い悩みが関係してると思うの。でもみんなの祈った内容を聞いたかぎり、悩みというよりも願掛けに近かった。それでこんな状況になるとはとても思えない」

たしかにあの程度の内容で怪現象が起こるなら、すでにあちらこちらで発生しているか。

「だから祈る際に、誰かが密かに自身の悩みを打ち明けたんじゃないかって私は睨んでる」

「……なるほど。つまりあの中の誰かが嘘をついてるってことですね」

演劇部が少女像に祈りに行ったのはつい先週の話だ。さすがに自分が何を祈ったのかぐらい覚えているだろう。先輩の話が正しいとするなら、怪現象を引き起こしてしまった誰かは自分の祈りが原因だと知りながらそれを隠したことになる。

もしあの場でそれを明かして誰も名乗り上げなかった場合、いくら仲が良い演劇部と言っても犯人捜しが始まっていたかもしれない。あえて言わないことで疑い合う状況を避けたのだ。

「悪意でついたものじゃないとは思ってる。悩みの種類によっては他人に言いづらいから」

ゲームが現実化している時点で悩みが演劇部に関しているのは間違いない。それが対人関係であれば尚のこと言い出しにくいだろう。

「でも心を開くのを待ってる時間はないし、素直に話してくれないならこちらから探るしかない。祈り者を特定してその人の悩みを知り、解消してあげることがこの状況を打破する唯一の方法だと思う」

遠回りになってしまうが、今のところそれが最善の策か。

「それとなくみんなと会話をして祈り者を見つけよう」

「そうですね。とくに明日は球技大会だから学年関係なく話す機会がありますし」

「一年生はみんな同じクラスなんだよね。羽柴(はしば)くんの種目って分かる？」

「俺と同じバスケですけど。どうして？」

「応援のために学校内の移動は自由だけど、競技場を行ったり来たりするのは時間が掛かるから場所を分担しようと思ってるの」

意味が分かった。球技大会の競技場はグラウンド、体育館、テニスコートの三ヶ所。そのうちグラウンドを使うのは男子のミニサッカーだけだ。

「私はテニスコートの人たちと話すから遠也くんは体育館の人たちをお願い」

「分かりました」

「それでもう一つ聞きたいことがあるんだけど。遠也くんは羽柴くんと白ノ瀬ちゃんの人柄についてどこまで知ってるかな？」

「二人の人柄ですか？」

「うん。他の人は部活で一緒だったから把握してるけど、一年生については以前に相談を受けたぐらいでほとんど知らないの。だからって二人のどちらかが祈り者って決めつけるわけじゃないよ。祈り者を捜すうえで知っておいたほうがいいと思ったの」

たしかに日常の態度を知らないことには言動の機微にも気づけない。

「といってもクラスが同じだけで今までまともに…………」

「まともに？」

「……いえ、片方は今までまともに話したことないですけど、もう片方については、実は……」

リョウには悪いが、こんな状況で隠している場合じゃないか。

幼馴染であることを話すと、先輩は驚いた顔をする。

「え、そうなの？　それにしては他人行儀な感じがしたけど？」

「あいつは普段から人に好かれようと猫をかぶってるんですよ。だから自分の評価が落ちるのを恐れて不良の噂が立つ俺と他人のフリをしてるんです」

「それはなんというか……殺伐としてるね」

「ホントですよ。同じ高校に入学して仲良くしようって思ってましたから」

「でも意外な繋がりだなぁ。それじゃあ結構お互いについて知ってる感じなのかな」

「大体は知ってますよ。以心伝心ってほどじゃないですけどね」

「最近なにか悩みがあるとかは聞いてない？」

「……そういえば前に電話であるようなことを言ってました。何かは聞いてないですけど……ただ、あいつの性格的に大した悩みじゃないと思います」

それにリョウには先輩の怪現象について話しているし、たとえ深い悩みがあったとして自ら少女像に祈るなんて軽率な真似はしないだろう。

それからは二人の教室での印象を伝え、先輩から他の部員の大まかな人柄を聞いた。

するとどうやら、どの部員も悩みがあれば溜め込まずに言うタイプらしく（遠慮のいらない玲奈(れいな)先輩が部長を務めていることもあるのだろう）聞けば聞くほどこの中に祈り者がいるとは思えなかった。

明日なにか進展があるといいのだが。

演劇部ゲーム三日目

Theater club game / Day 3

今日は一日を通しての球技大会だ。

あいにくの曇天にもかかわらず、教室内は優勝を目指して活気に満ちている。美術部員がデザインした荒ぶるライオンTシャツがより闘志を煽る。

クラスメイトたちが団結心あふれる一方で、俺は独り静かに机に突っ伏していた。

昨日の夜は堂々巡りした思考のせいで寝つけず、頭が痛い。朝、鏡に映った自分の顔は病的なほど暗く悲惨なものだった。

同じ心境の羽柴(はしば)と白ノ瀬(しろのせ)を見ると、二人とも演技を続けながら友達とやる気を共有しており、まるで昨日の出来事を忘れてしまったかのように自然体だ。

さすがは演劇部。自身の心も偽ることができるらしい。

ここまで隠すのが達者だと、祈り者を捜すのは骨が折れそうだ。

＊＊＊

朝のホームルーム後、全生徒がグラウンドに集合して開会式が行われた。睡眠が足りていないせいか、クラスTシャツのカラフルな光景に目がチカチカした。

校長と実行委員の話、選手宣誓や準備運動が粛々と終わり、各種目の競技場に散らばる。

競技は男女バレー、男子バスケット、男子ミニサッカー、女子テニスの四種目だ。

俺はバスケなので体育館に移動すると、フィールドには三つのコートが用意されていた。

そこで受けた説明によると、体育館の出入り口から見て、奥から女子バレー、男子バレー、男子バスケットの並びで試合をするようだ。

学年の試合順は、

（一学年目）　（二学年目）　（三学年目）
女子バレー　三年　↓　一年　↓　二年。
男子バレー　一年　↓　二年　↓　三年。
男子バスケ　二年　↓　三年　↓　一年。

バラバラなのは他の種目の人たちが自クラスの応援に回れるよう配慮した結果だろう。試合開始は9時30分からで、そこから三クラス合計一時間の試合時間と十分の休憩をセットで学年を交代することになっている。

学年別の総当たり戦で、午前で上位二クラスを決め午後から決勝戦という流れだ。

一年のバスケは学年最後だから、しばらく待機＆観戦になる。

この時間を無駄にしないためにも目的に移ろう。まずは演劇部員の姿を捜すことからだ。

ここからでは人の移動に遮られて見つけられないので、外階段から二階のキャットウォークに上がってフィールド内を見下ろす。

しばし手すりを摑みながら目を凝らして捜したところ、確認できた部員は、羽柴、白ノ瀬、深月先輩、夢先輩、円先輩の五名だ。つまり先輩と玲奈先輩以外の全員が体育館の競技。思ったよりも偏ったな。まぁ応援も観戦もしない分、時間に余裕があるからなんとかなるか。

早速誰から話そうかと考えていたら、不意にポケットに入れたスマホが震えた。

取り出して画面をつけると、先輩からメッセージが来ていた。

『うぅ～、遠也くんと離れ離れは寂しいよぉ……ってことで、自分の出番以外は遠也くんの傍にいます！　一試合目が終わったらすぐそっちに行くから待っててね～』

昨日の手筈と矛盾した内容からして、どうやら先輩も部員の偏りに気づいたみたいだ。

先輩が来てくれれば会話がスムーズに行くものの、二人で動き回っていたら祈り者を警戒させるかもしれない。より演技の殻を被ってしまえば捜索は困難になる。ここは単独で動いたほうがいい。

素早く返答を打つ。

『テニスコートと体育館は距離があるので行ったり来たりするのが大変ですよ。先輩は自分の競技に集中してください』

『そう……遠也くんは私といたくないんだ……』

先輩は病む。

役柄は口調もしくは行動で示さなければならない。そして先輩の役は口調で判断しづらいため、どうしても行動で示す必要がある。ここで理由なく〝分かった〟と返事をするのはヤンデレの理念に反して役の放棄と見なされる恐れがあるため、俺の意図が分かったとしても軽率に頷けないのだ。

楓先生の誤認のおかげで運よく演技しなくていい俺が上手く会話を誘導しなければ。

『俺だって一緒にいたいです。でもそれでクラスが優勝を逃したら申し訳ないので』

『どうだっていいよ、そんなこと』

『いえ、もしそれで先輩が悪く言われたら我慢ならないです。それにテニス経験者の先輩がクラスに貢献しないのは勿体ないし、愛しの彼女には活躍してほしいです』

『あーそういうこと！　うん、分かった！　遠也くんの期待どおりに優勝してみせるからその時は目いっぱい褒めてね！　ぜったいだよ！』

そこでやり取りを終える。

きっと聡明な先輩のことだ。こっちは任せて、という俺の意図は伝わっているだろう。

短いチャットでさえここまで気遣わないといけないなんて……先が思いやられる。

禁止事項の厄介さに苦しめられていたとき、

「あら、藤城くんここにいたのね。捜したわよ」

背後から羽柴がやってきた。向こうから声をかけてくるのは珍しい。

「俺になにか用か?」

「藤城くんが試合に参加するのか聞いてきてほしい、ってチームメンバーに頼まれたのよ」

どうやらサボるのでは、と疑われているようだ。練習どころか喋ってすらいないから当然か。

いつものことだから怒りも湧かず、「出るって伝えておいてくれ」と頼んだ。

羽柴は頷くと、なぜかこの場を去ろうとせずに俺の隣に来て手すりに腕を掛けた。

「まだ何かあるのか?」

「こんなところで何をしてたのか気になってね」

「べつに。人混みが嫌いなだけだ」

「嘘が下手ねぇ。昨日の出来事について考えてたんでしょ」

勘が鋭いやつだ。

バレては仕方ない。どうせ後で話しかけるつもりだったから手間が省けたと思おう。

「なぁ。少女像に祈った内容は本当に全員が同じだったのか?」

「えっとそれは……」

「ああ、ヒロインズプレイに関しての会話が安全なのは確認済みだから安心しろ」

「……そうなのね…………アタシはもちろんそう祈ったわよ。みんなも……そうだと信じたいけれど、心を覗けるわけじゃないから断言はできないわ」

その言葉が嘘か真か。演技の仮面に隠れて真意を窺い知ることはできない。

「そう訊ねるってことは、やっぱり別のことを祈った人がいるのね？」

どうやら昨日の時点で、部員たちの中に違うことを祈った人間がいると察していたらしい。

なんと答えるべきか迷う。

他の部員たちに広まることを用心して取り繕うか。だがそれで変に怪しまれても困るし
……………そこまで思い至っているのなら無理して隠し立てする必要はないか。

「そうだ。まだ言ってなかったけど怪現象には深い悩みが関係してて、俺と先輩はそれに該当する部員を密かに捜してる」

「深い悩み……」

「ここ最近で何か悩みを抱えた部員はいなかったか？」

羽柴（はしば）はオネェっぽく頬に手を当てて考える様子を見せたあと、「一人だけね」と答えた。

「え、知ってるのか⁉」

演技に長けた部員たちがそんな素振りを見せるはずがない、どうせ知らないだろうと思っていたから心当たりがあることに驚く。

「それは誰なんだ？」

「アタシ」

「——自分かよっ！」

思わず手すりを強く叩いてしまった。膨らんだ期待が一気にしぼむ。

先程、羽柴はみんなと同じことを祈ったと言った。

そのことが真実だとすれば羽柴の悩みはヒロインズプレイとは関係がないことになり、反対に嘘だとすれば自分に悩みがあるなどと疑いが掛かるようなことを言うはずがない。

羽柴が祈り者である可能性はかぎりなくゼロに近く、結局のところ意味のない情報だったわけだ。せっかく手がかりを摑めると思ったのに……。

羽柴は意気消沈した俺を見て「期待に応えられなくて悪かったわね」と言ったあと、

「ほんと……演劇部には申し訳ない気持ちでいっぱいだわ」

溜息交じりにそう呟いた。

羽柴の悩みが怪現象に関係がないと分かったものの、そのやけに落ち込んだ様が気になった。

「なんだか思い詰めてるみたいだな。そのお前の悩みって何なんだ？」

「……今は言えないわね」

今は、っていつなら言えるのか。人目を気にしているのか。

意味深な言葉が引っかかって質問を重ねようとしたとき、眼下からホイッスルの音が聞こえてきた。

見下ろすと、それぞれのコートで試合が始まっており、気迫のある掛け声やら激しく床を蹴るシューズの音やらでごちゃごちゃしている。

それに伴って続々と待機組が二階に上がってきた。

その中には友達と一緒にいる白ノ瀬の姿もあり、俺と羽柴の存在に気づいたらしく、友達と別れて近づいてくる。

「二人で何をしてるのよ？　……もしかして昨日のことで進展があったの？」

俺が返答するまえに羽柴がひらひらと手を振った。

不安な表情で、秘密の話でもするように小声だ。

「違うわよぉ。バスケのことで相談に乗ってもらってたの。藤城くんってば親身になって聞いてくれるのよ。白ノ瀬さんもこの機会になにか悩みごとがあれば相談したら？」

「ね」と俺に向けてウィンクする。

どうやら祈り者捜しを手伝ってくれるようだ。部員の協力を得られるのはありがたい。

俺が頷くと、白ノ瀬は眉根を寄せて「悩み？　あるにはあるけど……」と言いよどむ。

すぐに羽柴が内容を訊ねると。

「べ、べつに藤城くんの力なんて借りなくても自分で解決できるんだから！」

腕を組んでプイっと顔を背ける。怪現象に関係のない話だと分かったからか、もしくは素直じゃない自身の役柄を考えた結果か。

「そう言わずに物は試しよ～。もしアタシがいて話しにくいんだったら席を外すわ」

「そういう問題じゃなくて、藤城くんとはここ最近初めて会話したばかりなのよ。そんな人に悩みを打ち明けるだなんて恥ずか……あり得ないし、どうせ解決できっこない！」

「そんなことないわよ〜。それに悩み相談って身近じゃない人のほうが良いときもあるわ」

「ぜったいにイヤっ」

羽柴が柔らかな口調で促すが、白ノ瀬は役を続行して頑なに話さない。

口を割らせようと奮闘するオネェと、意地でも抵抗するツンデレ。

なんとも漫才のような光景だが、本人たちにしてみれば真剣だろう。役の放棄という禁止事項があり、その境界線が曖昧な以上安易に役を解くことはできないから。

白ノ瀬がどれだけ役作りに真面目——恐怖しているか分からないが、悩みを打ち明けさせるには時間が掛かりそうだ。

それに何かしらの悩みがあると言っても少女像に祈るほど深いものとは限らない。

このまま無理に聞き出そうと必死になるあまりボロを出せば二人を危険に晒すだけだ。取り返しのつかなくなるまえに諦めよう。

「羽柴そのへんで。仲良くない相手に言うのは気が引けるしな」

「ちょっと、仲良くないってどういう意味？　藤城くんはわたしのことが嫌いなの！」

しまった。言葉をミスったか。ていうかそんな細かい部分まで反応しなくてもいいだろ。

「そうじゃねぇよ。まだって意味だ」

「ふーん。まだ、ってことは、いずれはわたしと仲良くなりたいんだ。どうしてもって言うなら今からなってあげてもいいけど？」

自分都合の解釈にすごく腹立つが、白ノ瀬も本意じゃないだろうからここは冷静に流そう。

「白ノ瀬がそう言ってくれるなら嬉しいよ」

「嬉しい!?　そ、そう。そこまで言うなら仲良くしてあげるわ。……い、言っておくけどあくまで友達って意味だから勘違いしないでよねっ」

「ああ、分かってる」

「じゃ、じゃあわたしは応援に行くから。なにか進展があったらすぐに言うのよ。仲間外れはひどいんだからね！」

照れ隠しを演技して、男子バレーのコートがあるほうに走って行った。

嵐が過ぎ去ったような気分で溜息をつくと、羽柴が申し訳なさそうな顔をする。

「えっと……お疲れさま。良かれと思って訊いたんだけど余計だったかしら」

「いや、むしろありがてぇよ。こんな展開になるなんて俺も予想外だったから気にすんな」

早くも二人の部員とコンタクトできて順調な滑り出しだ。この調子で残りの部員にも当たってみよう。

「俺はこのまま他の部員とも話してくるな」

「アタシも一緒にいたほうがいい？」

「……いや、普段一緒にいない俺たちが連れ立ってると疑念を抱かれる可能性がある。何か気に掛かったことがあったときは知らせてくれ」

「分かったわ。もし手伝ってほしいことがあったら遠慮なく言ってちょうだい」

「ああ、そのときは頼む」


その場で羽柴と別れたあと、他の部員を見つけるためフィールド全体を見回す。女子バレーは今三年生の試合だから待機中の二年生の姿を捜す。

すると、男子バスケのコート隅に深月先輩と夢先輩が一緒にいるのを発見した。

見失うまえにすぐ一階に下りて近づく。

「お～、ナイッシュ～」

「皆さん、休んでいる暇はありませんよ！　タイムリミットまで全力投球です！」

二人とも役を演じつつ、クラスメイトに声援を送っている。

羽柴たちと同じく怯えた様子は一見してないが、事情を知っている俺の目には恐怖に負けないよう無理やり試合に集中しているようにも見えた。

二人の背後に行き、応援が途切れた間を狙って声を掛けたところ。

二人同時にビクッと体を震わせて勢いよくこちらを振り返った。

そして声の主が俺だと分かった途端、深月先輩は嫌悪感に顔を歪め、夢先輩は安堵するように息をつく。どうやら驚かせてしまったようだ。

「いきなり至近距離で声をかけるなんて不躾ですよ！」

「すみません。周りの色んな音で聞こえないかもと考えて……」

「でしたら肩を叩くとか他に方法があるでしょう」

　いやそっちのほうがもっと驚くだろ。

「それで。自分たちに何用ですか？」

「用というほど用はなくて、ただ雑談をしに来ました。ほら俺って部員と会って日が浅いので
この球技大会を機に仲を深めようと声をかけてるんですよ」

「はぁ？　なんであんたと仲良しこよししないといけないわけ？　しかもこんな状況の中で」

「だからこそです。唯一俺だけが部外者なので、ここは一丸となって問題に当たるためにもお
互いのことを知っておいたほうがいいと思ったんです」

「あーしはあんたなんかに興味ないし」

　良い反応はしてくれないだろうと覚悟していたが、ここまで邪険にされるとは……先輩と付
き合ったことがよほど気に入らないみたいだな。

「そう言わずにお願いします。深月先輩のこといろいろ知りたいです」

「必死すぎてマジきもなんだけどー。やりたきゃ勝手にやれば？　あーしはパース」

「あ、ちょっと待ってくだ……」

制止の声も意に介さず、コートの反対側へと行ってしまった。取り付く島もない。

「まったく、人の話を最後まで聞かないなんて礼儀知らずにもほどがありますね」

「いやたぶん俺が相手だからだと思います……」

「そんなに気にしないでください。し……友達のことで躍起になっているだけですのであなたのことが嫌いなわけではありませんよ」

とても私怨ありありに見えましたけど……。

ただ、焦っている雰囲気はどことなく感じ取れた。友達とは志穂先輩のことだろう。昨日もかなり気にかけていた様子だったし、並々ならぬ苦悩を胸中に押し込めているようだ。

「俺は平気です。深月先輩の気持ちはすごく分かりますから。夢先輩は大丈夫ですか？」

「自分は……不安がないと言えば嘘になりますが、起きてしまったことを悔やんでいても仕方ないですからね。その時間を解決に当てたほうが合理的です」

その意志の出どころが役柄からなのか素のポジティブな性格からなのかは分からなかったが、伊達メガネを透かした瞳に揺らぎは見えなかった。意外にも気丈夫のようだ。

「安心しました。夢先輩は心が強いですね」

「買いかぶりです。これが独りだったら塞ぎ込んでいたでしょう。自分が前向きになれたのは昨日のあなたと茜先輩の言葉があったおかげです」

「……そうですか、力になれたようでよかったです。だけどもし悩みがあれば遠慮せずに言ってくださいね。相談に乗るのは得意なほうなので」

「お気遣い感謝します。ですが今の状況以外にはありません」

迷いのない口調を聞くかぎり、本当に悩みはなさそうだ。

断言されてはそれ以上追及できないので、他の部員について質問すると、夢先輩は難しい顔で答えあぐねた。何やら心当たりがあるっぽい。

「それが今回の事となにか関係があるのですか？」

「はい。おそらくはですけど」

「……分かりました。自分が知っているのは羽柴くんです」

「羽柴……」

本人自身が言っていたから確かな情報だが、夢先輩は知っているのか。

「どういった悩みなんですか？」

「それは……言えません」

案の定そこまでは聞けないか。他人の悩みをべらべら喋るわけにはいかないもんな。

どのみち羽柴は祈り者じゃないから聞き出せたとして進展はないし、夢先輩に疑わしきところもない。これ以上は新たな情報を得られなさそうだ。

その後、少し話してから夢先輩と別れた。

女子バレーのコート付近で三年生の試合が終わるのを待つ。

ここまでで祈り者だと思しき部員はいなかった。深月先輩とはまともに話せなかったが、誰よりも志穂先輩の身を案じている彼女が祈り者であることを隠すとは到底考えられない。

……それすらも欺くための演技ならお手上げだが。

そして事前に先輩の怪現象を知っていた玲奈先輩も違うとすれば、まだ会話できていない円先輩が祈り者である可能性が高い。今まで以上に慎重に見極めなければ。

やがてホイッスルの甲高い音が響いて試合が終わった。

結果は円先輩のクラスの負け。それに悔しがったチームの様子から決勝進出ならずのようだ。

次の学年とコートを入れ替わりになり、円先輩はチームメンバーとともに壁際に置かれたタオルや水筒を手に取って体育館の出入り口に向かう。着替えなどで一旦教室に戻るのだろう。すごく声を掛けづらい。

お疲れのところ、あれこれと訊ねるのは迷惑だ。また体育館に戻ってきたときに話そう。

その間どうするか他にやれることは……と考えていたら、近くから「深森さん、大丈夫？」というクラスメイトの声が聞こえてきた。

見ると、B組の女子バレーチームに囲まれながら苦しげな表情で蹲る深森の姿があった。

すぐに駆けつけ、同じチームの白ノ瀬に声をかける。

「どうしたんだ？」

「あ、藤城くん。なんか階段をジャンプして下りたときに着地に失敗したみたいで……」

足首を捻挫したわけか。試合前に何をやってんだよ……。

「深森さん、無理しないほうがいいよ」

「それよりも保健室に行って手当てしないと」

「わたしたちのことは気にしないでいいから」

周りの言うとおり試合に出るのはやめておいたほうがいいだろう。

心配だし、ちょうど時間も空いているから付き添うか。

「深森、手を貸してやるから保健室に行くぞ」

「おんぶ……」

「……はぁ。ほら」

仕方なく身を屈めると、のそりと俺の背中に乗ってきた。

そのまま体育館をあとにして特別棟一階にある保健室に向かう。

すれ違う生徒たちから注目を浴びながらも到着した。

しかし部屋に養護教諭の姿はなかった。外の怪我人でも見ているのか、運悪く出払っているようだ。

深森を近くにあった椅子のまえに下ろして座らせる。

「まずは冷やさないとな。あそこにあるタオルを濡らして……」

「だいじょうぶ」

深森(ふかもり)はそう言ってすっくと立ち上がり、スタスタとした足取りでベッドに向かって行くと、倒れ込むように寝転ぶ。すぐにポケットからゲーム機を取り出して操作しはじめる。

先程の様子とは打って変わった普段のスタイルを見て、ある考えに至った。

「お前……まさか仮病……」

「仮病じゃない。戦略」

「なにが戦略だ！　ゲームしたいだけじゃねぇか！」

「違う、戦略。運動音痴のボクがいても足手まといになるだけだから、他の人と代わることでチームの勝率を上げた。みんなは試合に勝てて、ボクはゲームができてウィンウィン」

ダブルピースまでしてまったく悪びれた様子がない。

他人に興味がないのは分かっていたが、まさか良心の呵責すらも感じないとは、もうどうしようもないな。

怒る気力もなくなって呆れていると、不意に保健室のドアが開いた。

養護教諭かと思いきや、室内に入ってきたのはなんと円(まどか)先輩だった。

向こうも俺がいることに驚いたのか、一瞬だけ目を瞠る。

「奇遇ね。あなたも怪我したの？」

「いえ、俺は友達の付き添いです」

ベッドのほうに視線をやると、深森はすでにゲーム機をしまい、掛け布団を被って大人しく寝たふりをしている。危機察知の早いやつだ。

「あなた〝も〟ってことは、どこか怪我したんですか？」

「ええ、膝をちょっとね」

サポーターを外すと、右膝の部分が青あざになっていた。

「うわ、見るからに痛そうですね……」

「ボールを追いかけるのに夢中になって転んじゃったの」

「早く手当てしたほうがいいですよ。あ、でも先生がいないみたいで」

「平気よ。私、保健委員だから処置の仕方や道具の場所は把握してるわ」

言葉どおり迷わずに奥の戸棚から包帯を取り出すと、さっき深森が座っていた椅子に腰を下ろして手当てをはじめる。

患部に包帯を巻こうとしたところで、こちらに顔を上げて「なにかしら？」と疑問を募らせる。突っ立ったままの俺を不審に思ったのだろう。

「あ、いえ。よければ手伝いますよ」

「べつに一人でできるけれど」

「いやその……じ、じつは今日無性に人の悩みを解決してあげたい気分なんですよ」

今日のお題は〝球技大会で優勝する〟なので嘘だが、暗にそう伝える。体育館で二人きりになるのは難しいし、この偶然にも舞い込んだ会話のチャンスを逃したくない。

円先輩は真意を探るようにこちらを見据えていたが、やがて俺の思惑どおりに勘違いしてくれたのか包帯を手渡してくる。

「そう。だったらお願いしようかしら。試合の合間に冷やしたからあとは包帯を巻くだけよ」

「はい。任せてください」

なんとか会話に持ち込めてよかった。

包帯を受け取り、両足のまえに屈みこむ。

「……えーと、圧迫する感じで巻くんですよね」

「ええ。といっても加減はしてね」

「わ、分かりました」

少し動揺しつつ、膝裏に手を回してゆっくりと巻いていく。

打撲の応急処置は姉貴に教わったこともあって手慣れているが、今さらながらこのアングルがまずいことに気づいた。血色のいい太ももがどうしても視界に入ってきて集中が掻き乱れる。

目のやり場に困っていると、突然スッと短パンの裾が足の付け根まで上がった。

黒の下着がチラ見えして思わず吹き出す。

「ちょ……！　なにやってるんですか⁉」

「ふふ、戸惑っちゃってかーわいい」

艶やかに笑ってからかってくる。……いくらセクシーな役だからって限度があるだろ！　演技で嫌々やっているのだとしたら手伝いをごり押しした手前、申し訳ないものの、元があの不思議系女子だから羞恥心とかなさそう。

読みが当たったか、「もっと見たい？　見せてあげよっか？」とノリノリな様子で次はウエスト部分に両手をかけ始めたから「結構です！」と顔を逸らす。つくづくこの場に先輩がいなくて助かった。いたらどれだけ無慈悲なヤンデレ演技に付き合わされたことやら。

誘惑に乗せられないよう目的を為すことだけに意識を傾ける。

「包帯が巻けなくなるのでじっとしていてください。それよりも、円先輩は今の状況についてどう思っていますか？　もし何か悩みがあれば手当てついでに相談に乗りますよ」

俺の真面目な様子に円先輩も幾分か態度を改める。

「もちろん不安に感じてるわ。何もかもが想像の範疇を超えてるから……。あなたと茜は一度経験があるのよね。その時はどうやって解決したの？」

それは本当に不安心から出た質問なのか、はたまた自分が祈り者だからか。

「あの時はとにかく無我夢中で考えられる全てのことを手当たり次第に試しました。それでも一向に状況は良くならなくて、結局は土壇場で勝負に出てなんとかって感じです。正直運任せの部分もありました」

「勝負っていうのは、あなたと茜が壇上で揉めたあの全校集会？」

「はい。なんであの行動を取ったかについては事の顚末を話さないといけなくなるので省きますが、ただ一つ確信的なのは俺一人の力だけじゃ乗り越えられなかったことです。陰で支えてくれた人たちがいたから無事に怪現象を終わらせて先輩を助けることができたんです」

孤独に悩みを抱え込んでいたら解決は望めないと仄めかして、心中を吐露させるように仕向けるが。

「教えてくれてありがとう。そうね、みんなで力を合わせて頑張りましょう」

円先輩は熟考するでも質問を重ねるでもなく、きっぱりと同意した。

少しでも考える素振りを見せてくれれば円先輩の祈り者説が濃厚になったのだが、当てが外れたか……。

「………」

「私、なにか変なことでも言ったかしら？」

「い、いえ。円先輩が前向きなようで安心しました。……他の部員たちは大丈夫でしょうか。深く悩んでいた様子とか見掛けませんでしたか？」

「……もしかしたら羽柴くんは気に病んでるかもしれないわね」

またしても羽柴か。どうやら羽柴の悩みは演劇部の中で周知の事実らしい。

これまでの展開を繰り返すように内容については言えないとのことだった。

話している間にも包帯を巻き終わる。

円先輩は膝を少し動かして感覚を確かめたあと、足を組んでどこか煽情的に微笑んだ。

「ありがとう。お礼は何がいいかしら？　ハグ？　キス？」

「だから結構です。俺のほうも会話ができて助かりましたから」

「そう……お堅いのね。でも気が向いたら言ってね。茜よりイイコトしてあげるから」

最後わざとらしく耳元で囁いてから保健室を出て行った。

円先輩がいなくなった途端、仮病人が上体を起こして俺のほうを見てくる。

「藤城って年上フェチなんだ。年上苦手なボクとは真逆だね」

「違うから。どこをどう見たらそうなるんだよ？」

「顔が赤い」

「…………気のせいだろ」

「ふーん。ま、いいや。それよりボクの足首にも巻いて～」

「自分でやれ！」

キャットウォークから何となしに女子バレーの試合を眺めると、白ノ瀬が機敏にボールを追いかけて味方に繋いでいる姿が見えた。

周りで声援が上がる中、俺は小さく嘆息した。

心の中では焦りばかりが募る。

全員と言葉を交わせたものの、感じ取れたのは怪現象に立ち向かおうという真摯さだけで、祈り者の特定には至っていないどころか怪しいと思う人物さえ見つけられなかった。まだ話していない玲奈先輩という線もあるが見込みは薄いだろう。

そもそも演劇部の中にいるという推理が間違っているのだろうか。しかし、部外者はゲーム自体を知らないわけだから祈ったとしてゲームが現実化する事態にはならない。

やはり誰かが嘘をついているのか。だとすれば相当な名演技だな。

だからといって諦める気は毛頭ないが、会話から読み取るという手はもう使えない。

――これからどうすればいいのか……。

そうやって他に探る手段がないか考えている間にも、試合が終わった。

ここから得点は見えないが、ハイタッチして喜んでいる白ノ瀬たちの姿から、どうやらB組は決勝に残ったみたいだ。

このあと休憩を挟んで自分の男子バスケが始まる。

とても試合する気分じゃないが、出ると言ってしまった手前しょうがない。どうせ俺に期待しているクラスメイトは皆無だろうし、足を引っ張らない程度にやればいいか。

そうして気だるげに外階段から一階に下りたときだった。

目の前の渡り廊下を横切っていく深月先輩と夢先輩の姿を見かけた。

夢先輩と一瞬視線が合ったものの、何も言わずに校舎側のほうへ早歩きで行ってしまった。

女子バレーの次の試合は二年生だ。もう時間もないというのにどこへ行くのか。

後をつけるか迷っていると、ちょうど体育館から羽柴が姿を現し、俺を認めるとオネェ走りで駆け寄ってくる。

「藤城くん、もうすぐチームメンバーの確認があるから集まってほしいですって。……そんなところで立ち止まってどうしたの？」

「……いや、なんでもない」

考えすぎか。どうせトイレか何かだろう。

＊＊＊

試合の結果、一年B組バスケは決勝戦に駒を進めてしまった。

俺はただ普通にプレーしていただけなのに毎回ボールを持つと（邪魔すれば報復されるとでも思ったのか）どいつもこいつも怯えた顔で隙を見せた。クラスに貢献できて嬉しいような、まだまだ不良の印象が根づいていて悲しいような複雑な気持ちになった。

昼休みになり、クラスメイトから甚く気遣われて居心地悪そうに俺の元へと避難してきた深森と一緒に昼食をとった。

本当であれば先輩と会って現状を話したかったが、役の放棄の禁止事項に触れることを危惧して情報の共有は学校終わりにと事前に決めていたのだ。

しかし先輩の役的に彼氏とお昼ごはんを食べないのは役の放棄になる恐れがあるため、

『遠也くんの期待に応えるためにはチームメンバーにも勝ってもらわなくちゃいけなくて、昼休み時間に教えることになったから一緒に食べられないの！（以降ごめんなさいの文字がびっしりと続く）』

『大丈夫です。先輩の気持ちはちゃんと届いていますから午後も頑張ってください』

しっかりと楓先生に対する言い訳のメッセージを送りあった。

何も手がかりを摑めないまま時間はどんどん進んでいき、やがて一年バスケの決勝戦になる。

相手のC組は午前のときと違って怯まず果敢に妨害してきて、延長戦に持ち込むほど接戦を極めた。

最終的に俺たちのチームは僅差で敗れ、今日のお題もクリアならずとなった。

＊＊＊

放課後。

女子バレーが学年優勝を果たして盛り上がりを見せる教室を人知れず抜け出すと、あとに続くように羽柴と白ノ瀬も廊下へ出てきた。

『…………』

交わされる言葉はなく、二人ともどこか気落ちした表情をしている。

球技大会が終わったことにより一時的に高まっていた緊張が解けて、ふたたび現状を直視せざるを得なくなったからだろう。教室から聞こえてくるクラスメイトたちの賑やかな声が幻聴のようだ。

黙々と三人で部室に行くと、すでに玲奈先輩と円先輩がいた。二人は席に座っており俺たちと同じで先行きを不安視するように硬い表情だ。

沈鬱な空気が漂う中、少し経ってから先輩がやってきた。

そのまま俺に駆け寄りざま抱きつき、上目遣いを向けてくる。

「もぉー、私を置いて勝手に一人で行くなんてひどいよ」

「す、すみません。てっきり先に来てると思ってました」

「次からは気をつけてね。それよりも遠也くんの期待どおりに優勝したよ！　褒めて褒めて！」

無邪気な子供のように興奮した様子を見せる。

その役を演じる余裕のある先輩の心強さがみんなに少しの安心感を与えたみたいで、各々気持ちを立て直すように球技大会の感想について雑談しはじめた。

刻一刻と投票会議の時間が近づき、開始三分前ぎりぎりで夢先輩は部室に入ってきたものの、深月先輩はまだ来ない。球技大会の関係で遅れているのだろうか。

やがて時間となって楓先生が現れても深月先輩は来なかった。

「これより投票会議を始めます」

「深月はどうしたんだ？」

今では意味のなくなった『悪魔』による失格の公表を省いて玲奈先輩がすぐに問うと、何やら夢先輩が椅子から立ち上がった。

「皆さんに伝えなければならないことがあります。――――深月が失格になりました」

『――――!?』

全員の顔が驚きと戸惑いに染まる。

どうして深月先輩が……？　禁止事項を破ったのか？

俺たちの反応を想定していたのか、夢先輩はやけに落ち着いた様子で言葉を続ける。

「皆さん、疑問が多々あるでしょうが、まずは経緯をお話しさせてください。

自分が深月の失格を知ったのは、三学年目の一試合目が始まる直前でした。体育館で競技をしていた人たちなら知っていると思いますが試合の前にチームメンバーの確認がありまして、自分たちC組は順調に終えたのですが、対戦相手のA組が妙に時間が掛かっていたのです。明らかに困惑している相手メンバーたちの様子が気になって友達に訊ねたところ、人数が足りないとのことでした。

それなら代理を立てれば解決するのではと思いましたが、よく聞けば欠席や体調不良等ではなく、二週間前にクラスで行われた競技決めの時点で女子バレーの人数を見誤っていたと言うのです。

自分は耳を疑いました。基本のルールを知っていれば六人必要であることは明確ですし、たとえそれを知らなくともこれまでの試合を見ていれば分かるはずです。

あり得ない間違いを不思議に思ったとき、やっとそこで相手チームに深月の姿がないことに気づきました。慌てて彼女のことを訊くと……志穂の時と同じでした」

役に基づいた口調で淀みなく話し終える。

俺と羽柴が同じくメンバー確認を取られていた時か。まさか奥のコートでそんな事が起きているなんて思いもしなかった。

玲奈先輩は険しい表情で腕を組む。

「経緯は把握した。聞いたかぎりだと夢は深月が失格になった瞬間を見たわけではないんだな。その友達が嘘をついたということはないのか？」

「つく理由がないですし、そもそもゲームの内容を知らないのであり得ません。それに部室に来るまでの間、数人に聞いて回りましたが全員が似通った返答でした」

だから来るのが遅かったわけだ。説明が流暢だったのも事前に伝える言葉を考えていたからだろう。

羽柴が恐々としたように胸のまえで両手を握る。

「じゃあなに、深月先輩は『悪魔』に存在を消されたってこと……？」

「落ち着きたまえ。禁止事項を破った可能性だって大いにある」

「でもゲームがリアルになったってことは『悪魔』が誰かに取り憑いて悪さを働いているってことも……」

「あらましが元になっていると言いたいのか？　なら部員の知り合いという霊媒師もいることになるが誰も心当たりがないだろう。あれはただゲームを盛り上げるための架空話だから気にするな」

たしかに俺たちは悪魔を呼び出す儀式なんてやっていない。あらましは無関係だろう。

「心苦しいが、深月の失格について論じる時間はない。我々が今話し合うべきはこの現象を終わらせるために何が必要かだ。二人目の失格者が出たとなれば早急に手を打たねばならない」

「……そうよね。アタシの勘違いだったわ。変なこと言ってごめんな――」

「ちょっと待ちなさい。この件は追究するべきよ」

場がまとまろうとした最中、白ノ瀬が意志の漲った声で反論した。

そのことは玲奈先輩も想定外だったようで顰め面になる。

「それに何の意味がある？」

「もちろん『悪魔』に消されたのか禁止事項を破ったのか、はっきりさせるためよ」

「時間の無駄だ。この状況で『悪魔』の役を遂行する者がいるとは到底思えない」

「それは分からないわよ」

「この中に嬉々として他人を貶める者がいると？」

「……さぁね。とにかくわたしが言いたいのは、羽柴くんの心配を杞憂と簡単に切り捨てるのはどうなのかってこと。これだけ意味不明なことが立て続けに起きてるのよ。どんなに小さかろうが不安の芽は摘んでおくべきだわ」

白ノ瀬の主張は道理にかなっている。俺たちはその軽率な判断のせいですでに三名ものプレイヤーが二度と禁止事項を犯せない窮地に立たされているのだから。

「言い分は確かだが……ならどうやってそのことを証明する？　深月が消えた瞬間を目撃した者がいないのでは難しいだろう」

「そっちはその通りだけど、『悪魔』に消されていないことなら証明できるでしょ。深月先輩が失格になったおおよその時間を割り出して、その時の各々の行動にアリバイがあれば『悪魔』による存在消しは不可能──つまり禁止事項で失格ってことになるわよね」

「そう上手くいくか？　深月の失格は我々にとって予想外の出来事だったんだ。競技中に逐一他の部員の行動を見ていたとは思えない」

「話してみなきゃ分からないでしょ」

「それはそうだが……ここは皆に委ねよう。今の澪の話を聞いて他の者はどうしたい？」

最初に意見を示したのは円先輩で、あごに手を触れさせながら言う。

「私は良いと思うわ。やっぱり真相が分からないのは気持ち悪いもの」

「アタシの言葉が引き金になっちゃったみたいだから、アタシはみんなの意見に従うわ」

「遠也くんはどうする？」

「俺は……いえ、俺も白ノ瀬の案で大丈夫です。解決の糸口が見つかっていない状態で新たに話せることはありませんから」

「そう……なら私も賛成～」

みんな残り時間を気にしてすぐさま返答したが、唯一夢先輩だけが考える素振りを見せた。

「夢先輩はわたしの意見に反対なの？」

「あ、いえ……自分も賛成です。深月がいつどこで失格になったのか知る必要がありますから」

「――決まりね。じゃあ『悪魔』に消されたと仮定して話を進めていくわよ」

白ノ瀬は玲奈先輩と進行を代わる。

「まずは深月先輩の消失時刻を絞りたいわ。夢先輩が気づいたのが三学年目の一試合目始まり前って言ってたわよね？」

「はい。大体そのあたりです」

「じゃあそれ以前の最も近い時間帯を洗い出しましょう。ちなみに今日のうちに深月先輩を見かけた人はどのくらいいる？　わたしは見かけたわ」

白ノ瀬が挙手すると、円先輩、夢先輩、羽柴と続き、俺も手を挙げる。全員が体育館で競技があった人だ。

「五人ね。今から深月先輩を見かけた時をそれぞれ話してほしい。最初はわたしから言うわ」

経緯を思い出すようにほんの少し黙考したあと、証言する。

「わたしが深月先輩を最後に見かけたのは一年生の男子バレーが行われている時で、キャットウォークで偶然に会って話したわ。二試合目の途中ぐらいだったわね」

俺は一試合目の時に深月先輩と夢先輩と会っていて、会話を拒否った深月先輩がどこかへ行ったところを見ており、その前に白ノ瀬とはキャットウォークで会って話しているから時系列は合っている。

「それから十分経ったぐらいで羽柴くんも加わって三人で観戦しつつ喋っていたわ。そして自分の女子バレーの試合が近づいてきたから、わたしはそこで二人と別れて一階に下りた。だから最終的な視認は10時30分ぐらいになるわね」

「白ノ瀬さんの言うとおりよ。白ノ瀬さんが去ったあと二人で少しだけ話して深月先輩は一階に下りて行ったわ。だからアタシが見たのはそれが最後よ」

「自分は一学年目と二学年目が交代する休憩時間に深月と会って、そのまま二年生の男子バレーを応援しているので二人の証言は正しいです。それから深月は自クラスのA組が敗退したあと一人でどこかに行きました。自分が深月を見たのはそれが最後です」

「私は二階から深月と夢が並んで観戦している姿を見ているから夢の話は本当ね。そのあと深月は二階にいる私の元に来て少し会話をしてから、また一階に下りて行ったわ。あれは多分三試合目が始まる直前だったかしら」

四人の証言が終わって残るは俺だけになったが、すぐには話せなかった。

俺が深月先輩を最後に見たのは自分の男子バスケが始まる前で、夢先輩と一緒に渡り廊下を通って校舎側に向かっていく時だ。

つまり夢先輩は嘘をついている。

俺の視点からすればかなり怪しい……が、存在を消す瞬間を見たわけじゃないし、そもそも深月先輩が『悪魔』にやられたとはまだ決まっていない。

「藤城くんは？」

「ああ、悪い。ちょっと思い出してた。俺が深月先輩を最後に見かけたのは夢先輩を含める三人で会話した時だ。ほら、キャットウォークで白ノ瀬と羽柴と別れただろ。あのあとだ」

「自分の名前が挙がったのでその証言は正しいと補足しておきます」

正直に話さないのはきっと何か理由があるのだろう。今ここで嘘を暴けば夢先輩の立場が悪くなってしまうから、真実はあとでこっそり聞くとしてまずは様子を見よう。

　白ノ瀬は苦い顔をする。

「正確な時間が分からないのは口惜しいけど……まとめると、深月先輩の消失時刻は円先輩が会ったあとから夢先輩が失格に気づくまでの間だから、具体的に言えば『二学年目の三試合目から三学年目の一試合目が始まる前の間』ってことになるわね。じゃあ次はその間に各々何をしていたのか話して。

　まずはわたしだけど、女子バレーの試合に出てたわ。試合が終わったあとの休憩時間はコート近くで友達と少し話してそのまま男子バスケの応援に向かった。このことは羽柴くんが確認してるわよね？」

「ええ。アタシは試合の始まりから観戦してて、試合が終わったあと白ノ瀬さんが友達と一緒にコート付近で喋っているのを見たわよ。そのあとアタシは自分のバスケの試合が始まるから女子バレーのコートを離れた。そして同じチームの藤城くんを呼びに体育館を出たときに外階段から下りてくる藤城くんと会って、そのまま一緒に体育館に戻ってチームメンバーの確認を取られていたわ。それが終わったぐらいに白ノ瀬さんが男子バスケのコートに友達と来たって感じね」

「反対にわたしは羽柴くんがずっと応援してくれていた姿を見てる。休憩時間はお互いに三分ほど目を離していたことになるけど、その短い時間で深月先輩を見つけて消せたとは考えられないから、ここ二人は『悪魔』である可能性を除外していいと思う」

「アタシも白ノ瀬さんには無理だと思うわ」

　つまり白ノ瀬と羽柴にはアリバイがあるわけだ。

「自分は先程の証言どおり、深月と一緒に男子バレーを観戦して、深月が去って行ったあとも一度お手洗いに行ったぐらいでほとんどその場にいました。そして自分の試合が近づいてきてメンバー確認の時に深月が失格になったのを知ったという流れです。円先輩が二階から自分の姿を見ていたと言っていましたよね？」

「申し訳ないのだけど、ずっとではなくて深月と一緒にいた時ぐらいよ。それ以降は深月と会話をしたり男子バスケを観戦したりしていたから見ていないわ」

「そうですか……」

「それで私だけど、深月と別れたあともずっと二階にいたわ。近くに演劇部員はいなかったから証言してくれる人はいないと思う」

「そのとき俺も二階にいましたけど……すみません、結構な人数がいたので円先輩の姿までは確認していませんでした。だから俺からは羽柴の白を証明できるだけでその他の人や自分自身の白は証明できない」

「じゃあ円先輩、夢先輩、藤城くんになら『悪魔』の犯行は可能ってことね」

　どこか決めつけたような言葉に腹を立てたわけではないだろうが、円先輩が待ったをかける。

「その結論は早計じゃないかしら。まだ玲奈と茜のアリバイを聞いてないわ」

「でも二人は深月先輩を見ていないらしいし、体育館にいなかったってことは外競技でしょ」

「その見ていないというのが本当である証拠はないわ。それに競技が違っても応援のために体育館と外の行き来は禁止されていない。自分の試合じゃないときに体育館を訪れて深月に近づくこともできたはずよ」

「ワタシたちには無理だ」

玲奈先輩は言下に否定した。

「第一に茜とはほとんどの時間を共にしていた。ワタシが試合中も、応援したりチームメンバーに教えたりしている彼女の姿をこの目で視認している。唯一、目を離したのはお手洗いの五分ほどだが、その短時間で方角が真逆の体育館に行き、大勢の生徒の中から深月を捜し出して存在を消し、テニスコートに戻ってくるなんて常人には不可能だ」

「うん。私たちはずっと一緒にいたよ。私の目から見て玲奈に犯行は厳しいね」

そのことにはよほど自信があるようで二人とも毅然とした態度だ。

「どうやら三人以外にはアリバイがあるようね。それじゃあ三人には改めて細かな自分の行動を――」

「もういいだろう」

玲奈先輩の呆れたような物言いに、白ノ瀬は不満げに顔をしかめる。

「ここまで話しておいて『悪魔』捜しを止めろって言うの？」

「その通りだ。ここから先は不毛な議論にしかならない」

「……なんでそう言い切れるのよ？」

「ワタシたちは人の心を見抜ける超能力者じゃないんだ。それぞれが他人の動向を話し終えた今、三人のうち誰か一人でも嘘をつけば真相にたどり着けない」

玲奈先輩の言うことは的を射ている。すでに俺と夢先輩が虚言を口にしている以上、茶番劇を続行させるようなものだ。

「やはり深月は禁止事項を破って失格になったんだ。不安になる気持ちは十分に分かるが、その感情に呑まれるあまり冷静さを失うな。ワタシたちの目的はこの異変を解決して失った仲間を助けることだ」

「だからみんなを信じて疑うのはよせって？」

「そうだ。今一度、公園での団結を思い出して――」

その瞬間、白ノ瀬はバンっとテーブルを激しく叩いて立ち上がり、

「――そんなことできるわけないでしょっ!!」

室内に響き渡るほどの大声で怒鳴った。役を通してではない、本気の憤りを感じさせるよう

に表情は鬼気迫っている。

　みんなが唖然としていると、白ノ瀬は俺と先輩に鋭い視線を向けた。

「藤城くんに夕凪先輩。二人はわたしたちに隠してることがあるわよね？」

「…………何のことだ？」

「とぼけないで。いるんでしょ、この中にべつのことを祈っておきながら黙ってる嘘つきが」

「……っ」

　羽柴に顔を向けると、羽柴はすぐに俺の言いたいことを察したようで焦った様子で首を横に振った。どうやら白ノ瀬は自力でその答えに行き着いたようだ。こうなるなら羽柴に伝えた時点で白ノ瀬にも話しておくべきだったか。

「……ワタシたちが少女像のまえで祈ったあの時、密かにべつの内容を祈った人間がいるという話か？　二人とも、それは本当なのか？」

「そうだよ。今まで黙ってたのは、言えば混乱を招く恐れがあるからっていう優しい遠也くんの気遣いだから変に勘違いしないでね」

「よく言うわ。本当の理由は嘘つきを捜しにくくなるからのくせに」

　白ノ瀬の疑念に、円先輩と夢先輩が反応する。

「……保健室で藤城君と会ったとき、やたらと話したがってたのはそういうわけね」

「自分もです。あれは自分たちがその嘘つきかどうか探っていたのですか！」

まずいな。これまで内密にしていた分、白ノ瀬の言葉のほうが信用に厚くなる。

「それは私が遠也くんにお願いしたの。騙してたみたいに言うのはやめて」

「どうだかね。なんにせよ、これで分かったでしょ。この中には自分の行動をひた隠しにしながらわたしたちが右往左往する様を楽しんでる祈り者がいるってことが。そいつは間違いなく嘘つき『悪魔』よ」

「おい、そんな悪人みたいな決めつけはよくないだろ」

「じゃあなんでこんな状況になっても名乗り出ないのよ！　人が二人も消えてるのに！」

悔しくも言葉を返せない。まだ祈り者が何を思って黙秘を貫いているのか分からないから。

「それにあの思慮深い深月先輩が禁止事項を破るなんてどうしても考えられない。嘘つき『悪魔』に消されたのが妥当な推理よ。つまりそいつはゲームを続ける意思がある。下手に信じた結果、隙を衝かれて消されるなんてわたしはまっぴらごめんよ！」

白ノ瀬は疑いの眼差しを全員に向ける。

「先に宣言しておくわ。わたしはこの会議で誰かに票を入れるつもりだから」

その言葉の意図は誰もが理解しているのだろう、全員が顔を歪める。

「澪、考え直せ。自分が何を言っているのか分かっているのか？」

「当然よ。昨日みたいに無効にして明日新たな犠牲者が出るよりマシでしょ」

「誰にも『悪魔』である決定的な証拠がない今、無実の者を失格にするだけだ。『悪魔』に消されるのが心配というなら監視し合えばいいだろう」

「四六時中この人数の行動を把握できるはずがないわ」

「それはもちろん承知だ。だからグループ分けをするなり決めごとを定めればいい」

「お生憎さま、わたしは誰も信用してないの。わたしの目が届かないところで何か起きたら意味ない。……それともなに？　玲奈先輩、もしかして嘘つき『悪魔』が誰か知ってて庇ってる？」

「……なんだと？」

「だってそうじゃない。現状アリバイがないのは三人、そして藤城くんは少女像に祈ってないとなれば嘘つき『悪魔』は円先輩か夢先輩のどちらか。ここまで絞れてるのに投票無効の選択を取るなんてそうとしか見えないわ」

「確実な証拠がないからだと散々言っている。ただの消去法で選ばれる身にもなってみろ」

「そんな生ぬるい考えじゃや、いつまで経っても嘘つき『悪魔』を見つけ出せないわよ」

「………分かった。こちらの言葉に耳を貸さないと言うなら、澪、ワタシはお前に入れるぞ」

「は？　無実のわたしに入れる？　さっきと言ってることが矛盾してるわよ」

「協調性のない者を放って被害が拡大するならばやむを得ない。言っておくが脅しではない」

売り言葉に買い言葉で埒が明かない。

投票時間はすでに二十分を過ぎた。このままじゃ本当に失格者を出してしまう。

「二人とも言い争うな！　まだ深月先輩が『悪魔』に消されたって決まったわけじゃ……」

「くどい！　その話はもう終わってるの！」

「今の澪に何を言っても無駄だ。投票が避けられないのなら覚悟を決めるしかない」

「何が覚悟よ、自分の意見に従わないのが気に食わないだけじゃない。――他の人はどうなの？　誰の考えが正しいと思ってるのよ！」

白ノ瀬に目を向けられた羽柴はおずおずとした態度で口を開く。

「アタシは………白ノ瀬さんの言うとおりだと思うわ」

「……ッ⁉　お前まで何を言い出すんだよ、体育館で俺に協力するって言ってただろ⁉」

「あの時はまさか失格者が出るって思ってなかったのよ！　それにみんながこれだけ混乱してるのに祈った張本人が出てこないのはどう考えてもおかしいわ、本気でアタシたちを消そうと企んでるとしか思えない！」

前もって事情を話していたから中立でいてくれると信じてたのに……！

「亮介が澪側につくなら、怪しまれてる私は玲奈の案に乗るわ」

くそっ、ここまできたら説得は無理だ。しかしだからといって力ずくで投票を阻止するのはゲームの進行妨害に当たる可能性があってできない。

先輩もこの場を鎮める方法が思いつかないようで顔に苦渋の色を浮かべている。

そうして、俺たちが頭の中で必死に考えを巡らせていたときだった。

まだ自分の行動を示していない夢先輩が椅子から立ち上がり、いつの間にか手に持っていた用紙を躊躇いなく投票箱に入れた。

『――――!?』

予想外の展開に俺たち、そして白ノ瀬までもが驚きに目を見開いた。

「夢…………一体誰に入れたんだ……？」

玲奈先輩がおそるおそる訊ねると、夢先輩は人差し指を――――俺に向けた。

「……は？」

円先輩でも白ノ瀬でもなく俺に入れたというのか……なんで……？

「夢ちゃん、それはどういうこと？　この話の流れで遠也くんに入れる意味が分からない。理由を答えて」

「単純明快です。この中で一番信頼できない人だからですよ」

糾弾されることを予期していたのか、先輩の静かな怒りに対して少しの動揺も見せない。

「自分は嘘つき『悪魔』が深月を消したという白ノ瀬さんの意見に賛成です。ただ同時に玲奈先輩が言ったこの状況下で『悪魔』の役を続行する非道な人間はいないという見解も正しいと思いました。……そう、演劇部の中には」

「ちょっと待ってくれ！　俺が唯一の部外者だから俺がやったって言いたいのか……？」

そんなもの考えることを放棄した暴論だ。

「前に一度怪現象に遭ってる俺が、邪な感情を抱いてみんなを陥れるわけがないだろ」

「そうとは言い切れません。だって自分とあなたは初めて言葉を交わしてまだ一週間も経たないんですよ。今のところ、あなたがどういう人間であるのかは周りの噂と茜先輩の紹介でしか判断できません。しかしこうも正反対の人物像を言い渡されれば、事実は茜先輩が庇っているだけで周りの噂のほうが正しいのではないかと思い始めたんです」

「夢ちゃん、本気で怒るよ。周りの人たちは誤解してるって前に言ったよね。遠也くんはまだ知り合って間もない私を身を挺して救ってくれたほど心根の優しい人なんだよ。間違った噂に惑わされないで」

「それも何かの打算があったのではないですか。茜先輩が恋に溺れて盲目になっているだけかもしくは茜先輩にも見せていない裏の顔があるんですよ。本当に清く正しい人間であればここまでみんなから嫌われるはずがないでしょう」

たしかに俺は部員たちと出会って日が浅いからそう思われても仕方がないが、夢先輩は初顔合わせのときに俺の噂が周りの勘違いだと納得してくれたはずだ。どうして今になって俺の人格を否定するのか。あの友好的な態度は嘘だったのか。

「それに感情を抜きにしても、あなたにはアリバイがなく怪しいです」

「それは俺だけじゃない」

「はい。自分と円先輩も同じです。しかしこれまでの状況説明の中で、あなたが部員たちに会話を持ちかけていることが明白になりました。その時に『悪魔』の力を行使したのです」

「深月先輩と話したとき、夢先輩だってその場に居合わせてただろ」

「一度目は、です」

「一度目……？」

「あなたの言う三人で話した場面が一度目です。そこであなたは深月に会話を拒否されましたよね。ふたたび深月に会いに行った二度目があるのではないですか？」

「深月先輩と会ったのはあれっきりだ！」

「ではつまり深月との会話を諦めたと？　この不可解な現象の元凶人を突き止めるという重要なことだったにもかかわらず、たった一度の失敗で諦めるなんておかしくないですか。実際は部員を消すタイミングを見計らっていただけでしょう？」

「違う！　あそこまで突き放された物言いをされてまた声をかけたら何か企んでるって誤解を招くと思ったんだ。それに俺は保健室で円先輩と二人きりになる場面があった。もし俺が『悪魔』だとしたら深月先輩のまえに円先輩を消してる」

「それはリスクが高すぎます。体育館外では他の部員がどういった行動を取っているのか把握できませんからね。もしその時に一緒にいられたら会議で真っ先に疑われることになりますから実行に移せなかったのでしょう」

くっ、ああ言えばこう言う。夢先輩が言っていることはすべて想像の域を出ないものだが、こちらにも否定する確かな証拠がないから決着がつかない。

夢先輩は室内の時計に目を向けた。時刻は午後5時27分。

「投票時間も差し迫ってきたようなので結論を言わせてもらいます。

唯一の部外者で部員たちに対する情がなく、元々野蛮な不良と噂されており、行動に不審点がある。嘘つき『悪魔』は藤城くんで決定です。少女像に祈った内容はリアリティのあるゲームを楽しみたいといったところでしょう」

みんなの票を俺に仕向けさせようとする完全な敵意に苛立ちが募った。

「……それを言うなら夢先輩こそ嘘をついてるだろ」

「嘘？　この期に及んでなにを……」

「三学年目の試合前だ。俺が自分の試合が近づいてきて一階に下りた時、深月先輩と二人きりで体育館から校舎のほうに走り去っていったよな？」

白ノ瀬がテーブルに身を乗り出すほど驚く。

「それって深月先輩の消失発覚の直近じゃない!?　どうしてそんな大事なことを最初の時に言わなかったのよ!?」

「無用な争いを避けるためだ。まさかこんな展開になると思ってなかったんだよ」

「後出しで報告したら信用できないじゃない！」

「それはそうだけど…………あ！　羽柴は証言できるんじゃないか。渡り廊下で呼びに来た時に俺が立ち止まってる姿に疑問を抱いただろ。あのとき試合前の二人が校舎側に行ったからどうしたのか気になって考えてたんだ」

「たしかに何か考えてるふうだったけど、それが夢先輩たちのことだったかどうかは……」

「本当なんだよ！　どうして信じてくれないんだ⁉」

「だってアタシは二人の姿を見ていないんだもの！　ここで嘘はつけないわ！」

またしても期待を裏切られる誤算に焦っていたが、

「夢、もしかして心当たりがあるのか？」

そんな玲奈先輩の言葉が聞こえて視線を向けると、夢先輩は不意を突かれたというように目を瞠り、顔を強張らせて明らかに狼狽えていた。

「――い、いやありませんよ！　デタラメです！」

「ならどうしてそんなに戸惑った様子なんだ？」

「そうよ。なにか知ってるんじゃない？」

やがて玲奈先輩と白ノ瀬の疑惑の眼差しに観念したのか、夢先輩は「……すみません」と力のない声を出した。

「藤城くんの言うとおりです……確かに自分はその時間に深月と行動を共にしていました……でも自分は深月を消してなんかいないです！　信じてください！」

「だったら早く事情を説明しなさい。信じる信じないはそのあとよ」

「は、はい。二年生の男子バレーの試合が終わったあと、次は自分の女子バレーの試合だったのでコートに移動しようとしたときに再び深月と会って、深月がお手洗いに行くというので自分もついていったんです。体育館のトイレは混んでるとの理由で校舎のほうに……」

　俺の予想は当たっていたみたいだ。

「その道中でした。急に深月が立ち止まってスマホを見始めたんです。そしてすぐに顔を上げると『急用ができた』とだけ言って、自分の制止の声も聞かずに踵を返して去っていきました。そこで別れてから自分はお手洗いに行ってすぐに体育館に戻ったのですが、深月の姿はなく消息は分かりません」

「…………」

　誰もが硬い面持ちで黙り込む。とてもその話を信じているようには見えなかった。

「会議終了まで残り一分です」

　最初に動いたのはやはり白ノ瀬で、用紙にペンを走らせる。

「わたしは夢先輩に入れるわ」

「待ってください！　本当に自分ではないんです！」

「今の説明だと言い訳にしか聞こえなかった。ここまで隠してたのも含めて怪しすぎるわ」

「疑われるのが分かっていたから言えなかったんです！」

「澪、早まるな。夢の話が嘘とも言い切れないだろう」

「だから信じ合うとかそういう仲間意識はうんざりって言ってるでしょ。それに夢先輩はもう投票してるのよ。誰かが入れないと藤城くんが失格になる」

「それはそうだが……」

「……はぁ。どうしても納得がいかないなら、わたし以外は票を入れずに決選投票にして詳しく話を聞けばいいじゃない。どのみち結果は変わらないと思うけど」

なおも夢先輩は「自分ではありません……信じてください……」と苦しむように懇願する。

自身の発言が火種となった手前、罪悪感が込み上げる。疑いの矛先が逸れたことに心のどこかで安堵している自分がひどく汚い人間に思えて余計に。

白ノ瀬は宣言どおり、躊躇いもなく用紙を投票箱に入れた。他は決選投票に持ち込む意思を固めたようで用紙に手をつけなかった。

「会議終了の時刻となりました。これより票を確認します」

そして楓先生が言い終わるや否やの出来事だった。

夢先輩が勢いよく両腕を天井に向かって大きく伸ばし――

「やったぁぁぁぁぁ――!!」

そう歓喜の声を上げた。

自身に疑いの目が向けられた絶望的な状況には相応しくない態度に、全員が唖然とする。

「さっすがはわたしっ、見事にみんなを騙しきった！」

そんな俺たちを置いてけぼりにして自画自賛する。

――騙しきった？　一体なんのことだ……。

もしや白ノ瀬と裏で通じ合っていて投票先が同じだったのかと危ぶんだが、白ノ瀬はこの場にいる誰よりも動揺して顔面蒼白になっている。

「夢、あんたもしかして誰にも投票してないんじゃ……」

「玲奈先輩、しぃー。役の放棄は禁止事項だよ」

わざとらしく口元に人差し指を当てる。

その自分のことは棚に上げた様子と玲奈先輩の言葉で、ある結論に至った。

そういえば夢先輩が用紙に書いている姿を見ていない。もし白紙で投票したのなら……。

「まさか自分が投票されるように演技したんですか……？」

白ノ瀬が誰かに投票するのは確定していたから身代わりになったというのか。突然俺を『悪魔』呼ばわりしたのも（深月先輩と一緒にいた自身の姿を俺に見られていたと知っていて）俺から自分の隠しごとを引き出させて、より自分に疑いの目が向くよう怪しさを演出した……？

「そうだよっ、名演技だったでしょ」

「どうして自分を犠牲にする真似なんて……！」

「みんなが言い争う姿を見るのが嫌だったから」

夢先輩はそう言って少し悲しみを含んだ笑みを浮かべる。

「元はと言えばわたしが疑われるのが怖くて嘘をついたのが原因だもん。責任は取らないと」

「だからって……怖くないんですか！」

「もちろん怖いよ。でもそれ以上に、みんなが混乱したまま他の人を悪く言うのはもっと怖いんだ。――――だから正義のヒーローであるこのわたしが平穏に導いたのです！」

冗談っぽく両手を伸ばした決めポーズをしてから、楓先生が投票箱を開ける姿を見て慌てる。

「あ、もう時間が無さそうだから言いたいことを言うね！　ついさっきの深月とトイレに行った話は全部事実だよ。つまり深月が『悪魔』に消されたのは休憩時間中ってことになって、その短い時間に消すのは誰にも無理だと思うから玲奈先輩の言うとおり深月は禁止事項で失格で決まりっ。だから疑い合わないで。争うんじゃなくて協力してこの異常な事態を解決してほしいっ」

そしてこの場に似つかわしくないとびっきりの笑顔を見せる。

「わたしは演劇部のみんなも藤城くんも信じてる！　またみんなで楽しい劇をやりま――」

「星宮夢。役の放棄は禁止事項です。また合計二度の注意により失格です」

その瞬間、ロウソクの火を吹き消したように夢先輩の姿が掻き消えた。

『――っ！』

頭では失格になれば存在が消されることは分かっていたが、実際にその時を目の当たりにすると誰もが身動き一つ取れないほどの衝撃に見舞われた。

「投票の結果、無効二票。よってこの会議での失格者はいません。以上で投票会議を終了します」

楓先生が部室を去ったあとも、しばらく誰も口を開かずその場から動かなかった。

＊＊＊

俺は一人で校門を出て帰路につく。

昨日の心の重たさが序の口だったように、今は一段と気が滅入っている。自然と顔は下を向き、先程の出来事が頭から離れない。

夢先輩の失格で会議が終わったあと、最初に言葉を発したのは玲奈先輩だった。口から出たのは謝罪。自身の感情任せな振る舞いがこのような悲惨な結果を招いてしまったと頭を下げて詫びた。

だが、きっとその後悔はその場にいた全員が抱いていたことだろう。

夢先輩は自らの存在が消えることを厭わず、俺たちの争いを止めることを優先した。逆を言えば俺たちが無用な争いをしなければ夢先輩は失格にならずに済んだのだから。

玲奈先輩の言葉に反発する人は当然現れず、各々が良心の呵責に苛まれた様子だった。

やがて白ノ瀬が無言で席を立つと徐々に他の人もそれに続き、その場は自然と解散になった。

部長という立場からか誰よりも責任を感じている様子の玲奈先輩を心配した先輩と夜に電話することを約束して別れ、今に至る。

足取りは重いのに気持ちは急く。

今はとにかくみんなと今後について話し合いたいが、禁止事項によってそれは敵わない。

活路を見出だせずにやきもきとしながら帰っていたとき、曲がり角を進んだところで前方を歩くリョウの後ろ姿を見つけた。

まさかすぐ先を歩いていたとは。ここまで下を向きっぱなしだったから気づかなかった。

一応周りに生徒がいないことを確認してから近づいていき、「よぉ」と声をかけた。

リョウは驚いたように少しだけ肩を震わせて振り返り、俺だと気づいて微妙な顔をする。

気まずそうに俺から目を逸らすと「さっきは悪かった……」と小さな声で謝ってきた。

それが投票会議のことを言っているのはすぐに分かった。俺の意見に賛同しなかったことも。

これが想定どおりのゲームであれば文句を言ってやるところだが、とても今の状況で誰かを責める気にはなれないし、その資格もない。

「仕方ねぇよ。誰もあんな展開になるとは思ってなかったんだ」

「気にすんなって。それに謝らないといけない人はべつにいるだろ。俺含めてな」

リョウは素直に頷いたが、暗い表情は変わらない。

これ以上変に気を病まれても困るから、この話は終わりとばかりに歩みを再開させる。

並んで歩きはじめたリョウにべつの話題を振る。

「そういや聞きたいことがあるんだけどさ」

「なんだよ？」

「今日キャットウォークで話したときに悩みがあるって言ってただろ。結局それが何なのか聞きそびれてたから気になってな」

他に誰もいない今なら話せるだろう。

リョウは不機嫌さを表すように目を細める。

「まさかオレのことを祈り者だって疑ってるのか……？」

「邪推するな。お前が落ち込まないよう話題を変えてやったんだよ」

「だったらもっと明るい話題にしろよな……ていうかお前はオレの悩みを知ってるだろ」

「あ？　そんなに俺との関係性がバレるのが嫌と？」

「ちが……くもないけど、そっちじゃない。オレが悩んでるのは自分の性格についてだ。友達や演劇部を騙してる気がしてきて申し訳なく感じてて……」

「なら曝け出せばいいじゃねぇか。少なくとも演劇部は性格の濃いメンツだし、動じねぇと思うけど」

「……他人事だと思って簡単に言いやがって。オレがこの性格のせいでどれだけ惨めな中学時代を過ごしてきたかも知らないくせに」

「そういえばお盆や正月で会ってたときも、お前から学校生活の話を聞いたことなかったな」

リョウは苦々しい過去を思い出したらしく、しかめっ面になる。

「オレはほら、小さい頃から兄貴たちと一緒にいるだろ。この性格も兄貴たちの影響だし」

「あの度が過ぎるほどアグレッシブな二人の兄な」

「うん。だから異性と一緒にいることに抵抗が無くて、学校でもよく異性と遊んでたんだけど、それを見た同性から言い寄ってるみたいに捉えられて……オレは普通に接してるつもりだったのに……しかもクラスで人気の子の好きな相手がオレとよく遊んでた子だったみたいで余計に嫉妬心を煽って……仲間外れにされたんだ。そのうち異性の人たちにも避けられるようになって結局ぼっちに……」

「ああ、なるほど。だから女に飢えてんだな」

「なんだよそのテキトーな感想は！　こっちは真剣なんだぞ！」

「お前は考えすぎなんだよ。べつに今嫌われてるわけじゃねぇから悩む必要ないだろ。クラスメイトに避けられる俺のほうが可哀想だわ」

「あんな可愛くて包容力のある彼女がいて、なぁぁにが可哀想だ！　ふざけんな！」

わーわーと不満を募らせるリョウの言葉を聞き流して、思考を切り替える。

なんにせよ、リョウから悩みを聞けた。玲奈先輩を除けばまだ直接聞けていないのは一人。

そして何かしらの悩みがあることはすでに本人の口から明らかになっているが……これまでの言動を見たかぎり、とても祈り者だとは思えない。

そう考えると（深月先輩と夢先輩がいない今）悩みを聞き出せなかった円先輩が一番怪しいことになるが、それもただの消去法で根拠はない。

もっと深く調べる必要があるものの、少女像に違うことを祈った人間がいることは知られてしまった。下手な詮索は警戒されて今日の二の舞になってしまうだろう。だが普段の様子から悩みを知るのはより不可能だ。

やはり自分だけでは解決策を見出だせない。

先輩の電話を待つしかないか。

＊＊＊

夜8時過ぎ。

深く考えすぎて雑然とした頭を入浴でリセットさせたあと自室に戻ったら、スマホの着信ランプが点滅していた。

　画面をつけて確認すると先輩からで、二十分前にかかってきていた。

　髪を乾かす間も惜しく慌てて電話をかけ直すと、三コールのあとに通話が繋がった。

『今日はごめんなさい！　私はただ見てることしかできなかった』

　俺が電話に出れなかったことを詫びるよりも先に謝ってくる。声には悔しさが滲み出ていて電話越しながら苦悶の表情をしているのが分かった。

「いえ、先輩だけじゃなくて俺だってそうです……今日の出来事は俺含めて全員の責任ですから謝らないでください。それよりも玲奈先輩はどうでしたか？」

『……うん。かなり落ち込んだ様子だったけど自暴自棄にはなってないから大丈夫だと思う』

「そうですか。ひとまずは安心しました」

　持ち前の気丈さで立ち直ってくれることを祈ろう。

　ここで黙ったら反省会の流れになりそうだったので、当初の予定どおりに情報を共有することにした。

「それで。みんなと会話した結果ですけど、唯一悩みを聞けたのはリョウだけでした」

『祈り者の線はなさそう？』

「はい。本人は深く悩んでるって言ってましたけど、その悩みってのが俺も知ってる前々からのもので今さら少女像に祈ったとは考えにくいです」

『なら他の人は？　変わった様子とかなかった？』

「残念ながら……むしろ話せば話すほど祈り者とは程遠く感じたぐらいです」

『そう……』

「まさかですけど、失格者の中に祈り者がいるってことはありませんよね？」

『それはないと思う。もしそうだったら怪現象は終わってるんじゃないかな』

「ですよね……」

　ここまでしても祈り者の手掛かりが摑めない現状からつい口にした推測だったが、よく考えてみれば祈った本人がいないのにリアルゲームが続行するはずがないか。

　そこで会話が途切れる。先輩も最善の策が見つからずに悩んでいるようだ。

　しばらくしてから先輩が重々しい声を出す。

『別のことを祈った人がいるとみんなに知れ渡った以上、もう密かに探るのは困難だと思う。こうなったら次の話せるときに深い悩みが関係してることを明かして、一か八か祈り者が告白してくれることに懸けるしかない』

　かなり運任せの方法で歯痒いが、今のところはそれしかないか。

『だから今日みたいな事態になるのだけは避けたい。みんなが手を取り合えるよう明日はできるだけ同じ学年の人と行動を共にしよう』

「分かりました」

その結論を最後に通話を終えた。

演劇部ゲーム四日目

Theater club game / Day 4

居ても立ってもいられず朝早くに学校へ行くと、教室に入るや否や、すでに登校していた白ノ瀬が近寄ってきて俺の顔面にビシッと人差し指を突きつけてきた。

「今日はずっと藤城くんと一緒にいるんだから！」

「は？」

「こ、好意じゃないんだから勘違いしないでっ。あとから羽柴くんにも伝えるつもりだし！」

その言い方だと逆に好きみたいじゃねえか……。

朝っぱらから騒々しい演技に辟易しながらも、思惑は理解できた。

昨日の投票会議であれだけ周りを信用できないと言っていたから、仮に今日誰かが失格になったときに白を証明できるようにするためだろう。要は監視宣言だ。

非常に鬱陶しくはあるものの、元より今日は同学年で固まって行動するつもりだったから、協力させる手間が省けて願ったり叶ったりだ。

白ノ瀬が細めた目で俺の顔を覗いてくる。

「わたしが言ってる意味ちゃんと分かってる？」

「分かってる分かってる。できるだけそばにいればいいんだろ」

「べつに目の届くところにいてくれればいいんだけど……藤城くんがどうしてもわたしのそばに居たいっていうなら勝手にすれば？」

「ああ。そうさせてもらうよ」

いちいち突っ込みを入れるとリアクションが大変だろうからテキトーに流し、強制的に会話を終わらせるため自分の席に向かった。

あとはこれで何も起きないことを願うばかりだ。

その後、午前の授業が進んでいく中で、白ノ瀬は宣言どおりに俺と羽柴を監視した。

休み時間は友達と話しつつもチラチラと何度もこちらを窺っていたし、移動教室の際は俺たちを尾行するように背後から見張っていた。さらにはトイレまで及び、俺が出てくるのを廊下で待っているほどの徹底ぶりだった。

『悪魔』だと疑われているようで釈然としないまま、昼休みになる。

もはや作業になりつつある、先輩と昼食を一緒にできない旨のやり取りを終えたところで、白ノ瀬が俺の元へやってきた。

「わたし、今日は図書当番だから。お昼ごはんを食べたあと藤城くんも一緒に来て」

そういえば図書委員だったか。普段交流もないから忘れていた。

とくに断る理由もなく快諾した。

さっさと弁当を食べ終わり、羽柴を伴って三人で教室を出た。

鍵を借りるため職員室を経由したあと、図書室に着く。

ドアを開けた瞬間、古い本独特のどこか落ち着く香りが俺たちを出迎えた。

ここに来るのは入学してから三度目ぐらいか。それもすべて先輩の怪現象関連で私的に訪れたことはなく読書好きとしてはこの機会に物色してみたい衝動に駆られるが、残念ながら今は趣味に時間を費やしている場合じゃない。

解決策について思案するため、奥のテーブル席に行こうとしたとき、

「藤城くん」

貸出カウンターにいる白ノ瀬が呼び止めてくると同時に、隣の椅子を軽く叩いて見せてきた。

その動作の意味を悟り、思わず眉間にシワが寄る。

「べつに室内にいればいいだろ」

「ダメ。本棚が死角になるし、わたしが貸し出し対応してる隙を衝いてってこともあり得るわ」

「ここまで付いてきてそんなことしねぇよ。それにそれを言うなら羽柴もだろ」

「羽柴くんはいいのよ。わたしは昨日の事で藤城くんが気になってて……へ、へんな意味じゃないからねっ」

昨日の事……まさか俺にアリバイがなかったからか。そもそもあんな事があったのにまだ深

月先輩の失格が『悪魔』の仕業であると疑っているのか。

それを裏付けるように白ノ瀬の瞳からは何が何でも逃さないという気迫が感じられる。

反対すれば問答になるのは目に見えている。投票会議のときに無用な疑いを掛けられる原因になりかねないし、ここは大人しく従ったほうがいいか。

不本意ながら黙って隣に腰を下ろした。「それでいいのよ」とどこか優越感に浸った白ノ瀬の態度が癪に障る。

「じゃ、じゃあアタシはそこで読書してるから何かあったら言ってちょうだい」

羽柴は俺に同情の目を向けたあと、目先のテーブル席に座って持参の本を読みはじめた。

それからは、しばしば生徒が訪れてきてカウンター業務を手伝わされる羽目になった。生徒たちは俺がいることに驚き、中には顔を見ただけでUターンして帰っていく人もいた。

要らぬ心の傷を負って疲弊していると、本を借りに来る生徒の波が途切れたところで白ノ瀬が話しかけてきた。

「藤城くん。ちょっと聞きたいことがあるんだけどいい？」

「なんだ？」

「藤城くんって、どんな時に喜んだ気持ちになる？」

「いきなり何なんだその質問は？」

「べ、べつにいいでしょ！　沈黙が苦にならないよう話題を振ってあげてるんじゃない」

「むしろ図書室って静かにしないといけない場所だろ」

「近くに人がいない時はいいのよ。だから早く答えて」

「はぁ。俺が喜ぶっていえば、やっぱり先輩と一緒に過ごす時間だな」

「……よくそんなに堂々と惚気(のろけ)られるわね」

「本当のことだからしょうがないだろ」

「じゃあ言葉を変えるわ。最近、夕凪(ゆうなぎ)先輩にしてもらって喜んだことは何？」

「そうだな…………手作り弁当を作ってきてくれたことはテンションが上がったな」

「つまり藤城(ふじしろ)くんは手作りのお弁当をもらったら喜ぶってこと？」

「……？　自分のために手間暇かけてくれたわけだから普通は喜ぶだろ」

白ノ瀬(しろのせ)は「ふーん。そう……」と意味ありげに呟いたあと黙り込む。

その態度が怪しく思えて質問の意図を訊こうとしたとき。

「やぁ皆(みな)、奇遇だな」

声に振り向くと、気がつけば玲奈(れいな)先輩が図書室に入ってきていた。

手に本を持っていることから返却しに来たようだが……。

「二人とも呆けてどうした？　ワタシの美貌に見惚れたか？」

「いやその髪……」

背中まであった栗色の髪を肩までばっさりと切って様変わりしている。

玲奈先輩はウェーブした毛先を摘んで「ああこれか」と何でもないように言う。

「少し思うところがあってな。気持ちを一新させる意味でカットしたんだ。それがまた違ったワタシを発見してしまう結果になるとは、自身の端麗な顔立ちが恐ろしい」

自惚れた演技は置いといて、きっと夢先輩に対しての贖罪の意味でもあるのだろう。まさかの断髪には驚いたが立ち直ったみたいでよかった。

「…………」

安堵した俺とは対照的に、白ノ瀬は拗ねる子供のように顔を俯かせていた。投票会議であれだけ言い争ったから負い目を感じているのだろう。

玲奈先輩もそのことに気づいたようで、どこか挑発的な笑みを浮かべた。

「なんだ澪、もしかしてワタシのイメチェンが素晴らしすぎて嫉妬しているのか？」

「ち、違うわよ！　わたしが気にしてるのは……」

「ははは、冗談だ。澪の気持ちは十分に理解しているから皆まで言わなくていい。ワタシは容姿だけでなく心も美しく寛容だから些末なことなど一々気にしていない」

遠回しに昨日の件を許していることが伝わったらしく、少しの間のあと白ノ瀬はツンとした態度を見せ、

「べつにわたしだってこれっぽっちも気にしてないんだからっ。……でもまぁ、ありがと」

演技か本心か、少し恥ずかしそうに言葉を返した。

和解できたようで何よりだ。ギスギスした雰囲気はもう御免だからな。

「ところで、先輩たちとは一緒じゃないのか？」

てっきり三年生たちも一塊になって過ごしていると思っていたけど。

「円は委員会の集まりだ。茜ならそこにいるだろう」

「そこ？　——うぉ!?」

図書室の出入り口に目を向けて、危うく椅子から転げ落ちそうになった。先輩が開けっ放しのドアから顔半分を覗かせ、完全に見開いた目で俺のことを凝視していたからだ。

先輩はゆっくりと室内に入ってきて感情の見えない瞳を向ける。

「え……なにこれ……なんで白ノ瀬ちゃんと一緒にいるの……？　しかも寄り添うように……」

「こ、これは手伝ってるだけで決してやましいことじゃないです！」

「だったらなんでメッセージでやり取りしたときに言わなかったの？　ねぇなんで？」

こうなることが分かってたからですよっ。まさか鉢合わせすると思ってなかったし！

どうすれば先輩が俺のことを許せる展開に持っていけるか必死で考えていると、玲奈先輩の本の返却作業を済ませた白ノ瀬が不快な顔をする。

「ちょっと夕凪先輩、ここは図書室よ。あまり騒がないでくれる？」

「白ノ瀬ちゃんには聞いてないよ。それに元はといえば勝手に人の彼氏を連れ回す白ノ瀬ちゃんが悪いよね？　前々から思ってたけど遠也くんに気があるの？　私から奪おうって腹？」

「はぁ？　妄想も大概にしてほしいわね。藤城くんはただのクラスメイト、それ以上でもそれ以下でもないわ。……今はまだ」

煽るな！　なんで余計な一言を付け足すんだよ⁉

さらに邪念を募らせた先輩がテーブルから椅子を引っ張ってきて俺の左隣に陣取る。

そこから熾烈さを増す言葉の応酬。

両側から挟まれているから逃げることもできず、助け船を求めようにも羽柴と玲奈先輩はテーブルで談笑していてこちらを見向きもしない。

しばし左右からドロドロツンツンの愛に苛まれていると、ようやく玲奈先輩がやってきた。

「両手に花だな」

「これのどこが……って、その髪についてるやつどうしたんだ？」

先程よりもどこか爽やかな印象になっていると思ったら、横髪にヘアピンが留めてある。青い紫陽花をモチーフにした光沢感のあるオシャレなヘアピンだ。

「亮介に貰ったんだ。またしても美しさに磨きがかかってしまった」

こんな可愛らしいヘアピンを常備しているとかオネェ役にハマりすぎだろ。

「茜。鏡を見ながらワタシの美について語り合いたいから共にお手洗いへ行こう」

「……手鏡を持ってるでしょ」

「上半身を含めて見たいんだ」

「今はムリ。この泥棒猫に私たちの愛を分からせないと」

「誰が泥棒猫よ！　一方的な愛なんてわたしたちの友達としての愛に勝てないんだからっ」

　両側からがっちりと腕をホールドされた俺を見て生半可な演技でないことを察したのだろう、玲奈先輩は少し考える素振りを見せたあと。

「ではこうしよう。ついてきてくれれば澪の情報をくれてやる」

「ちょ、ちょっと！　何なのよわたしの情報って⁉」

「それはもうワタシが知るあれやこれやの全てだ。おまけに他の部員の情報もくれてやろう。どうだ茜、悪い取引ではないだろう？」

「……そうかも。敵を排除するためにはまず敵のことを知る必要があるからね」

　おもむろに椅子から立ち上がり、「待っててね、遠也くん。あとで白ノ瀬ちゃんの呪縛から解放してあげるから」と不敵に微笑んで玲奈先輩と図書室から出て行った。

　やっと静けさが戻ってホッとする。先輩と白ノ瀬を同じ場所に居させるのは本人たちのためにもやめたほうがいいな。

　白ノ瀬は心配そうな顔で「わたしの何を夕凪先輩に伝えて……まさか……」などとぶつぶつ呟いている。

「気になるなら見てくれれば？」

「そう言ってわたしがいなくなった瞬間に変なことをする気でしょ」

「トイレって図書室を出てすぐ左手の所だろ。こんだけ近けりゃ何もできねぇって」

「それでもイヤ。……わたしはもう失敗したくないの」

　頑として意見を曲げない。どうやら夢先輩に投票したことを相当に悔いてるらしいな。

　その気持ちは俺も同じだし、投票会議まで少しの疑念も残したくないことも同意だ。今は過度に警戒するぐらいの心構えでいたほうが後々の信頼に繋がるか。

　なんにせよ、白ノ瀬の片意地を変えられないのは確かだ。

　意見を通すのは諦めて流れに身を任せていると、しばらくして先輩が帰ってきた。一人だ。

「玲奈先輩は？」

「玲奈なら、みんなにもこの感動を分け与えようとか上機嫌に言って教室に戻ったよ」

「えぇ……一人にして大丈夫なんですか？」

「円は委員会の集まりだし、他は全員ここにいるから心配ないよ。それよりもさっきの続きをしよっか、ねぇ白ノ瀬ちゃん？」

　玲奈先輩から何を聞き出したのか、人を貶めようとする歪んだ笑みを浮かべる。

　まずい。また意味のない争いが始まってしまう。阻止しなければ。

「先輩。じつは先輩がトイレに行ってる間に俺が白ノ瀬を納得させたのでもう大丈夫ですよ。なぁそうだよな白ノ瀬……白ノ瀬？」

何やら強張った顔を俯かせ、両手を股に挟んでもじもじしている。

「もしかしてトイ……」

「ち、違うわよ！　これは夕凪先輩との舌戦をまえに武者震いを起こしてるだけ！」

「さすがにその言い訳は無理があるぞ……」

今日は俺と羽柴に付きっきりだったから行く暇がなかったのか。

「我慢してないで行ってこいよ」

「ダメ！　もしここで羽柴くんの身に何か起きたら、ぜったいに夕凪先輩は藤城くんの味方をするから真相が有耶無耶になる！」

「だからそんなこと起こらねぇって。漏らす気か」

「い、いざとなったら用具ロッカーにあるバケツに……」

意固地もここまで来ると病的だな。

この様子だとトイレの前で待ってると言っても頷かないだろう。だが非常事態とはいえ俺が女子トイレの中についていくわけにもいかないし……。

そこで異変を察知したらしい羽柴が「どうしたの？」と近づいてきた。

わけを説明すると。

「──じゃあこういうのはどう？　アタシと藤城くんは図書室に残って、白ノ瀬さんは夕凪先輩と一緒にお手洗いに行く。これなら問題が起きても原因を特定できるわよ」

たしかにそれなら一緒にいた片方が『悪魔』と断定でき、言い逃れもできない。

白ノ瀬は少し悩む様子を見せたが、ついに我慢の限界が近づいたようで、先輩の手を強引に引いてトイレに向かった。

「……はぁ。やっと行ったか」

「まぁまぁ。ああ見えて白ノ瀬さんも不安なのよ」

「それは分かってるけどよ、あそこまで信用できないもんかね」

「逆じゃないかしら。きっと信用したいからこそ今必死になってるのよ」

「……えらく擁護するな。白ノ瀬とは仲が良いのか？」

「もちろん良いわよ。それに白ノ瀬さんってすごく優しいもの。演劇は高校の部活が初めてのアタシが上手く行かなくて落ち込んでたときも、快活に励ましながら丁寧に教えてくれたりしたのよ」

「へー、そうなのか」

どうやら俺には知らない白ノ瀬の一面があるようだ。

そのあと何事もなく二人が戻ってきて、また居心地の悪い時間を過ごす羽目になった。

＊＊＊

教科連絡係が昼休みまでに聞き回れなかったらしく帰りのホームルームが始まってから聞きに行ったため、放課後になるまでだいぶ長引いてしまった。

投票会議まであと五分。遅くなることは分かりきっていたので先輩には先に行っているよう伝えてある。急がなければ。

しかし荷物をまとめて教室を出ようとしたところで、「藤城くん、待って！」と白ノ瀬に呼び止められた。

「……何かあったのか？」

また面倒なことを言ってくるかと思いきや、どこか切羽詰まった表情をしている。背後には羽柴、それと白ノ瀬といつも一緒にいる友達（川北春乃）の姿もあった。

「図書委員の仕事で、事務室に届いた新刊を図書室まで運ばないといけないの。できるだけ早く済ませるから一緒にいて！」

白ノ瀬の考えは分かった。ここで俺から目を離して、もし失格者が出たときのことを恐れているのだろう。

だが今からその作業をするとなれば投票会議に間に合わない。遅れても失格にはならないものの、みんなで話し合える貴重な時間を数分無駄にすることになる。

「川北一人しかいないのか？　他のクラスの図書委員は？」

「新刊図書についてはわたしたちの仕事なの。普段なら司書教諭の先生が手伝ってくれるんだけど、ちょうど用事で学校を空けてるみたいで」

「部活が終わったあとで手伝うじゃダメか？」

「最低でも三十分はかかるのよ。それまで待たせるのは酷だし、運んだあとで仕分け作業もあるから今日中に終わらなくなっちゃう」

「だけど……」

難色を示す俺を見て、川北が慌てたように手を振る。

「澪ちゃん、部活が忙しいなら大丈夫だよ。私一人でぼちぼちやるから」

「ダメよ。前だって段ボールぎっしりに詰めてあって大変だったじゃない。わたしの仕事でもあるんだし、春ちゃんは気にしなくていいの」

「藤城くん、ここは手伝いましょ。みんなで運べばすぐに終わるわよ」

羽柴も手伝うことに賛成のようだ。……うだうだ迷っている暇があればさっさと運んだほうが早いか。

俺は了承した。

そのことを素早く先輩にメッセージで伝えてから、早速みんなで事務室に行くと、段ボール箱が五つ置いてあった。

両手だけで抱えられるサイズだが見た目よりもずっと重量があり、白ノ瀬の言うとおり華奢な川北一人にやらせるのは可哀想だ。

俺が二つ持ち、他はそれぞれ一つずつ持って図書室に運んだ。

　このあと仕分け作業らしいが、さすがにそこまで手伝う時間はなく（すでに投票会議は十分が過ぎている）白ノ瀬が「ごめん春ちゃん、部活が終わったらすぐに戻ってくるから！」と謝ってそのまま三人で視聴覚室に急行した。

　部屋の中に入ると、席に座っていた先輩がすぐさま走り寄ってきて抱きついてくる。

「よかったぁ！　いつまで経っても来ないから遠也くんまで失格になったのかと思ったよぉ」

「すみません、少し時間が掛かってしまいました。……って俺まで？」

　円卓を見ると、そこには楓先生と円先輩しかいなかった。

　先輩の大げさに心配した様子からして、もしかして玲奈先輩は……。

「円が『悪魔』だよ」

「え？」

「それは茜よ」

　俺の疑問の答え合わせもせずに先輩と円先輩はお互いを睨み据える。

　唐突に始まった……いや、剣呑な雰囲気を見るに俺たちがいない時から始まっていたのだろう疑い合いに、白ノ瀬が「勝手に話を進めないで！　ちゃんとわたしたちに状況を話しなさい」と苛立つ。

　先輩は俺から身を離すと、ゆっくりとした口調で話しはじめる。

「玲奈が失格になったの。気づいたのは昼休みが終わって教室に帰った矢先だった。つまり消失時刻は昼休み中になって、その間、私と一年生の三人は図書室にいたから犯人は円しかありえない」

間を置かずに円先輩が反論する。

「いいえ、茜が言ってることはただの想像に過ぎないデタラメよ。その時間、私は委員会の集まりに顔を出していたもの。それに玲奈とは朝のホームルームが始まるまえに委員会のことを伝えたっきり会ってないわ」

「嘘だよ。集まりの途中で抜け出したか行ったふりをして教室にいた玲奈を消したんでしょ」

「面白い空想ね。証拠はあるのかしら？」

「だから私含めて他の部員は図書室にいたって言ってるよね」

「つまり、ただ私にアリバイがないってだけじゃない。そんなもの証拠とは言えないわ」

「そうかな。周りに部員がいない状況なんて『悪魔』からしてみれば『生徒』を消す恰好のタイミングだと思うけど？」

「……話にならない。大体、深月の件と同じで禁止事項を破って失格になった可能性もあるのに私を『悪魔』呼ばわりしてくること自体がおかしいわ」

それについては俺も違和感を覚えた。

この中で誰よりも疑い合う状況を避けてきた先輩が、ここまで頭ごなしに『悪魔』と決めつけるなんて変だ。それに昨日の電話では、みんなに深い悩みが関係していることを話す手筈になっていたが……まさか玲奈先輩が失格になって気が立っているのか。

　しかし先輩は至って冷静な様子だ。

「玲奈はこのゲームの立案者だよ。自ら失格するなんてヘマを犯すわけがない。それに昼休み途中で玲奈と別れたときに、玲奈は円に会うようなことも言ってた」

「後付けでなんとでも言えるわ。誰かそれを証明できる人はいるのかしら？」

　俺が先輩から聞いたのは、玲奈先輩がクラスメイトに自身の髪型を見せびらかしに行ったということだけだ。円先輩の名前すら聞いていない。

「そんな話は聞いてないわよ。わたしたち一年生はずっと図書室にいて、途中で夕凪先輩と玲奈先輩が二人でトイレに行ったから別れる場面すら見てない」

「なら茜にもアリバイがないじゃない。図書室を出てトイレで玲奈を消したあと、また図書室に戻ってみんなに別れたって嘘をついたってこともあり得るわよね」

　たしかにその理屈なら先輩にも犯行は可能だ。

　俺は先輩が玲奈先輩に危害を加えたなんて少しも疑っていないが、それは先輩の人柄を深く知っている気持ちから出た答えだ。まだ関わり合って数日の白ノ瀬と羽柴が今の話を聞いて先輩の身の潔白を信じるとは思えない。

「私はなにも今日の事だけで円を怪しんでるわけじゃないんだよ」

みんなの疑いの矛先が先輩に向けられることを心配したが、そのことは当の本人も予見していたのか焦った感情をおくびにも出さずに言葉を続ける。

「仮に白ノ瀬ちゃんの見解が正しくて深月ちゃんが『悪魔』に消されたとするよ。夢ちゃんと深月ちゃんは校舎のお手洗いに行く途中で別れて、そのあと夢ちゃんがお手洗いに行ってすぐに体育館に戻ったとき深月ちゃんの姿がなかったことから、深月ちゃんは体育館外にいたことになる。その間、一年生の三人はお互いの姿を体育館内で視認してるから犯行は不可能。そして私には玲奈の証言がある。アリバイがないのは円ただ一人だけなんだよ」

円先輩は「やっぱり妄想の域を出ていないわ」と呆れたように肩をすくめる。

「その時間、私は体育館の二階にいたって言ってるじゃない。それに夢の話を信じるなら深月が禁止事項で失格になったという話も信じるべきじゃなくて？」

「あの情報は夢ちゃんが争いを止めるために言ってくれた、あくまで推論だよ。深月ちゃんの失格した瞬間を見たわけじゃない」

「なら今この状況を夢が見たら悲しむんじゃないかしら」

「話を逸らさないで。今は感情論を話してるんじゃない」

「茜だって今日から昨日に話をすり替えてるじゃない。そもそも昼休みに玲奈が消されたというのは茜の言葉だけで確証がないわ。嘘の時系列を語って私に罪を擦り付けようとしてる」

「仮に私が『悪魔』だとしたら五限目以降に消したりしない。真っ先に疑われるからね」

「逆にそう思わせることで……」

　二人の論争は止まる気配がない。

　投票会議は刻一刻と終わりに近づいているが、どう行動するべきか正解が分からない。

　これほどにお互いに対する猜疑心が強いとなれば投票無効を説得するのは厳しい。ヤンデレ役の先輩は言うことを聞いてくれるかもしれないが、おそらく円先輩は従わないだろう。

　つまりどちらかの失格は免れない。

　個人の感情を抜きにしても怪現象の経験者という点で先輩の失格は是が非でも避けないといけないが、円先輩には祈り者である可能性がまだ残っている。悩みを解決していないのに元凶人が消えてしまえばどういう結末を辿るのか未知数だ。安易に投票できない。

　白ノ瀬と羽柴も立ち尽くしたまま、迷うように渋面を作っている。

　円先輩はうんざりとばかりに頭を小さく振る。

「百歩譲って、その時間に玲奈が失格になったとして。茜にアリバイがあるのだったら玲奈は禁止事項を破って失格になった。それが最も正しい推測なのに私のことを疑いにかかってくる茜はやっぱり怪しいわ」

「玲奈は夢ちゃんが自ら失格になったことに責任を感じていたと同時に、みんなを助けるために一生懸命解決策を考えてたんだよ。そんな玲奈が禁止事項を破ることは絶対にない」

「それ自体が茜の見方に過ぎないわ。断髪はともかく、ヘアピンを着けてオシャレする余裕がある時点で責任感なんて感じていないんじゃないかしら」

「…………え、ヘアピン？」

俺はその言葉に引っかかった。

玲奈先輩が普段ヘアピンを着けている姿を見かけたことはないから、円先輩が言うヘアピンとは図書室で羽柴から貰ったものだろう。

だったらなぜ円先輩はそのことを知っているのか。

その違和感には白ノ瀬も気づいた様子で首をかしげる。

「ヘアピン……それって羽柴くんが昼休みにあげた物よね。玲奈先輩とは朝にしか会ってない円先輩がどうして知ってるのよ？」

「…………どうやら認識が間違っているようね。私が最初に言った〝会っていない〟というのは〝会話をしていない〟ということよ。委員会の集まりが終わったあと三年生の階に戻った時に廊下を歩く玲奈の姿を見……」

「それはあり得ないよ。クラスの保健委員の子が教室に戻ってきたのは私よりも後だった。その時にはすでに玲奈は失格になってたわけだから委員会終わりに姿を見たなんておかしい」

「委員会は予定どおり三十分ほどで終わったわ。その子が寄り道していただけでしょ」

「いいや、嘘だね。私は玲奈の失格で頭がいっぱいだったから直接聞いたわけじゃないけど、その子は疲れた様子で『予定より長引いたー』って友達に愚痴ってたよ」

「それこそ後付けよ」

「それを言うなら円だって会った会ってないのくだりは後付けでしょ」

「会議終了まで残り一分です」

楓先生の声が割り込み、言い合いが途切れる。

シーンとした静寂が訪れる中、白ノ瀬は円卓に近づいていき、自身の席の場所に配られていた用紙にペンを走らせる。どちらかに投票する気だ。

「白ノ瀬、待て！　怪しむ気持ちは分かるけど証拠はないんだ、昨日みたいなことになったら……」

「もう遅いわよ」

「は？　遅いってどういう……っ！」

そこでようやく気づいた。

先輩と円先輩の席に用紙がないことに。

「もしかして先輩、投票したんですか……なんで……？」

「ごめんなさいっ。本当は遠也くんの指示を待たないといけなかったんだけど、遠也くんが『悪魔』に消されると思ったら気が気じゃなくて先に投票しちゃったの……」

円先輩の失格よりも自身の役柄を優先したというのか。……いや先輩がそんなことをするはずがない。しかしだったらどんな理由があってこんな真似を……。

混乱している間にも、白ノ瀬が投票を済ませた。

「わたしは円先輩に入れたわ。二人はどうするの？　投票するなら早くしないと時間がないわよ」

現状、先輩に一票、円先輩に二票だ。決選投票にするならわざと先輩に入れる必要があるが、そのあとに羽柴が先輩に入れるようなことになれば先輩が失格になってしまう。羽柴が動くまで俺は動けない。

しかし、たとえそのことがなくとも俺は動かなかっただろう。決選投票にしたところで状況が変わるとは思えなかったから。

結局、俺も羽柴も立ち尽くしたまま投票することはなかった。

「会議終了の時刻となりました。これより票を確認します」

失格が確定となった円先輩は――


「私が失格みたいだな。……もう少し楽しめると思ったのだが、残念だ」

妙に落ち着き払った様子で嘆息した。

「夢のおかげで深月の件が流れてくれたから玲奈も上手くいくと思ったが、まさか茜が疑ってきたのは誤算だったな」

「……円先輩、自分が『悪魔』だって認めるのね」

「今さら隠したってしょうがない」

罪の告白には不釣り合いなほどあっさりとした口調と、何も感じていなさそうな無表情。

それは素の円先輩そのものだった。

——本当に円先輩が自らの意思で二人を消したのか……!?

「どうしてそんな……みんなを陥れるようなことをしたんですか!?」

「欲求を抑えられなかった」

「欲求……?」

「私はな、退屈な毎日に飽き飽きしていたんだ。目の前で起きる全ての出来事が想定内に過ぎないつまらない日々。演劇部に入ったのだって、たとえ架空でも役を演じれば一時的に現実を忘れられるからだ。だがそれも繰り返していくうちに慣れてしまって、日常を覆い隠してくれるまでには至らなくなった」

そのとき無感情の瞳に怪しげな光が灯った気がした。

「そんなときに思ってもみなかった非日常が訪れて、私の心に募ったのは不安よりも興奮だった。そして偶然にも私は『悪魔』役。人を消せる力を手に入れて試したくなったんだ。実際に深月が消えたときは快感が全身を流れてしばらくその場を動けなかった」

「そんな自己満足のために……!　ふざけないで!」

円先輩は、握りこぶしを震わせて憤る白ノ瀬を一瞥して目を伏せた。

「ああ。どれだけ自分が馬鹿なことをしたのかは理解しているし、部員のみんなに申し訳なく思っている。日常に戻ったときは罪を償わせてもらうつもりだ」

「で、でも円先輩がこのまま失格になっちゃったら、どうやっても解決できないんじゃ……」

「亮介は勘違いしてるようだが、この怪現象を生み出した祈り者は私じゃない」

その言葉に驚かなかったのは俺と先輩だけで、羽柴と白ノ瀬は驚きのあまり絶句する様子を見せた。

やはりそうか。先輩が円先輩に投票していた時点である程度は予想できていた。

前回の白ノ瀬の発言で、祈り者＝『悪魔』だと惑わされたが、実際は祈り者と『悪魔』はべつの人間で、偶然にもそれぞれ違う考えで行動していたわけだ。

しかしそうなると祈り者は……。

円先輩は俺たちを順繰りに見回しながら言う。

「私が言える立場ではないが、気をつけろ。私以外にも嘘つきが君たちの中にい――」

「世良円。役の放棄は禁止事項です。また合計二度の注意により失格です」

瞬く間に円先輩の姿が掻き消えた。

「投票の結果、無効三票。よってこの会議での失格者はいません。以上で投票会議を終了します」

＊＊＊

四回目の投票会議は円先輩の失格で幕を閉じ、先輩に促されるまま俺は部室を出た。

そのまま一緒に帰路につく。

ずっと思案顔だった先輩は、学校を少し離れたところで口を開いた。

「安心して。彼女は祈り者じゃないよ」

円先輩が祈り者であることを断然と否定する。やっぱり祈り者が誰であるのか、先輩はすでにその答えにたどり着いてるようだ。

「祈り者は一体どっちなんですか？」

「祈り者は――――」

続く名前を聞いても俺は驚かなかった。

動じない俺を意外に思ったのだろう、先輩は「もしかして知ってたの？」と反対に驚く。

「いえ、消去法です。悩みがあると知ってまだ聞き出せていませんから……ただ……」

「ただ？」

「……正直、疑問が残ってて。俺はずっと三年生の彼女が祈り者だと思ってたんです。根拠はなくてこれも消去法だったんですけど、でもそう思ったほど二人はあまりにも祈り者からかけ離れてる気がして……」

これまでの日常や投票会議での言動を見聞きしたかぎり怪しさはなく、むしろ怪現象に怯えつつも解決に向けて抗っている姿ばかりが目についた。

「すみません、先輩を疑うつもりじゃないんですけど」

「ううん、慎重になるのは大事なことだから謝らなくて大丈夫だよ。でもここは私を信じてほしい。みんなとの会話から得た情報を元にしてたどり着いた答えだから」

どうやら先輩には確信があるみたいだ。

正直まだ蟠り（わだかま）は消えないが、いつまでもそのことに注意を向けていたら物事が進まない。俺は小説の中の名探偵じゃないんだ。自身の短絡的な思考を当てにするよりも先輩のことを信じたほうがよっぽど解決に近づく。

「先輩を信じます。それで、肝心の祈り者の悩みは何なんですか？」

すると先輩は苦しむように顔を歪め、なぜか押し黙った。

やがて返ってきたのは「言えない」の一言だけだった。

「言えない？　それは本人を気遣ってのことですか？」

「ううん。言いたくても言えないの」

その言葉だけで何を意味するのかを悟った。

祈り者の悩みが演劇部ゲームに関係していることを。

本人がいる投票会議で話せない以上、それを伝えるためには禁止事項を破らなければならない。……なるほど、だから本人に聞いたときに答えを得られなかったわけだ。

どうにか俺に伝えられないか言葉を捻り出そうと苦慮した表情の先輩に「大丈夫です。自力で答えを探します」と言う。ここで先輩が失格になったら元も子もない。

「……ごめんなさい」

「仕方ないですよ。祈り者が特定できただけでも前進です」

励ますが、本心は焦っている。

もうゲームの残り時間は一日しかない。もし悩みを解決できずにゲームが終わるようなことになれば失格になったみんなは……。

お互い無言でいる間にも分かれ道に差しかかり、先輩は立ち止まって俺のほうを向く。

「私は悩みの解決法を考える。遠也くんは祈り者の悩みを知って。もしもの時は無茶をしてでも伝えるから焦らないで冷静にね」

「分かりました。そのもしもが来ないよう善処します」

そう言葉を交わしてその日は別れた。

演劇部ゲーム最終日

Theater club game / Day final

俺の心境を表すかのような憂鬱な曇り空の下、学校へ向かう。

祈り者の悩みについて一晩中考えてみたが、依然として特定には至っていない。

ここ四日間を振り返ってもその尻尾は掴めず、推察すら湧いてこない非常にまずい状況だ。このままでは先輩の手を煩わせてしまう。

しかし、悩みがゲームに関係しているからには今さら本人に聞いても答えを得られないだろうし、外見から窺うには演技が邪魔をして本心を見抜けない。

どうにかして見つける方法がないか……。

思い悩んだまま校門を抜けて昇降口に着いたとき、ちょうど下駄箱でスリッパに履き替えている羽柴がいた。

向こうも俺に気づいて小さく片手を振ってくる。

「おはよう、藤城くん。ずいぶんと早いのね」

「そっちもだろ。家でだらけてる暇はないからな」

「……そうね」

「やけに辛気臭い顔だな。何かあったのか？」

するとなにやら周囲を見回してから、こそこそ話をするように口元に手を添える。

「藤城くんたちが言う祈り者って白ノ瀬さんよね？」

「――――!?　……なんでそう思った？」

「アタシを含める三人を除外すれば答えは一人しかいないでしょ」

つまり俺と同じで消去法というわけか。

「その……二日前の視聴覚室での出来事は、思わぬ事態に気が動転して約束を反故にしちゃったけど、今度こそ協力するって誓うわ。アタシにできることがあったら何でも言ってちょうだい」

解決のタイムリミットが迫っていることを理解しているのだろう、羽柴の面持ちは真剣でどこか焦っているようにも見えた。

なんと答えていいか返答に窮していると、不意に一年生の教室に続く廊下から先輩が躍り出てきた。

俺の姿に気づいて足早に近寄ると同時に「話があるからちょっとこっちに来て」と有無を言わせずに手を引く。なにやら慌てた様子だ。

そのまま移動しようとしたら、同じく廊下から白ノ瀬が姿を現した。

すぐさまこちらに駆け寄ってくると、俺と先輩の繋いだ手を力任せに離させて間に割り込み、俺と羽柴を背にして守るように両腕を広げた。

「二人とも危ないから夕凪先輩から離れて！」

恐怖と焦りを含んだ警戒の眼差しを先輩に向け、対する先輩も無言で白ノ瀬を睨む。

敵対する二人に俺と羽柴は困惑する。どちらも硬い面構えで、今までに何度もあった禁止事項を回避するための演技には見えなかった。

「白ノ瀬、落ち着け。先輩が危ないって何を言ってんだよ？」

「今の状況じゃ一つしかないでしょ！」

もしかして先輩のことを『悪魔』だと言いたいのか。

「それは昨日の放課後に解決しただろ。今さらどうしてそんな発想になるんだよ」

「さっきわたしが自分の席で荷物を整理してたときに夕凪先輩がいつの間にか背後にいたのよ！　あれはぜったいに危害を加えようとする動作だった！」

「はぁ………だから誤解だって言ってるよね。昨日の件もあったから遠也くんに挨拶がてらみんなの様子を窺いに来ただけだよ」

おそらく先輩は祈り者の動向を探るためB組を訪れたのだろう。もしくは片方に協力を得ようとしたのかもしれない。そこに白ノ瀬が一人でいて話しかけようとした際に勘違いされたわけだ。

「先輩は俺たちを心配して見に来てくれたんだ。お前は異常なことが起きて過敏になってんだよ。もう俺たちを貶める人間はいないから安心しろ」

「……わたしだってそうは思ってるわよ…………でももしかしたらあれは……」

そう独り呟いたあと、雑念を振り払うように首を振る。

「いいや、やっぱり信用できないわ」

「いい加減にしろ！　また無用な犠牲者を出したいのか！」

「出したくないからよ。昨日の時点では夕凪先輩にもその可能性があったし用心に越したことはないわ。……それに今、藤城くんの手を引いてどこか行こうとしてたわよね。なにか二人きりで話す秘密ごとでもあったの？」

きっと先輩は祈り者の悩みについて進展があり、そのことを伝えようとしていたのだろう。当の本人がいるこの場では話せない。

先輩が呆れたようにまた溜息をつく。

「それも誤解。ただ本の話をしようとしてただけ」

「本の話……なによそれ？」

「最近、ミステリー小説を二人で読み進めて推理してるの。章で区切って交代しながらね。それで先に読み進めたら昨日の自分の推理が間違ってたことに気づいて伝えようとしただけ」

白ノ瀬は俺のほうを向いて「本当？」と真偽を確認してくる。

もちろん嘘っぱちだが顔に出ないよう首肯した。

「……まぁいいわ。とにかく、わたしは夕凪先輩が信用できない。今日一日、一年と三年は別行動すること」

「勝手に話を進めるな」

「隠しごとがないなら放課後に話せばいいでしょ。それともやっぱり言えないことでもあるの？」

そう言われては俺と先輩も反論できず、悔しくも白ノ瀬の案に従うしかなかった。

＊＊＊

昨日の監視がかわいく思えるほど、白ノ瀬は俺たち（とくに俺）の一挙一動に目を光らせていた。

休み時間はもちろん授業中ですら視線を向けてきたし、トイレに立てば入り口までぴったりと後をつけてきて、本当に俺が用足しに来たのか居合わせた男子に訊くほどだ。

中でも一番厄介だったのは、

「藤城くん、スマホを渡しなさい」

「……なんでだよ？」

「夕凪先輩と密かにやり取りするかもしれないからよ。学校生活で必要とすることはないからべつに無くても困らないわよね」

「やりすぎだ。個人情報をそう簡単に渡せるかよ」

「信用できないならロックを掛ければいいでしょ。それとも図星なの？」

「…………」

唯一の連絡手段も絶たれ、先輩の伝えたかったことを知るすべもなくなった。

白ノ瀬を撒くことも考えたが、それをして投票会議のときに突っ込まれたらまた疑い合いに発展し、祈り者の悩みを解決するどころではなくなる。

やはり自力で考えるしかないが、ヒントがないわけでもない。

朝の昇降口で白ノ瀬に疑われたときに先輩が放った言葉は真っ赤な嘘だが、その場を取り繕うにしてはやけに具体的だった。

つまりあれは言い訳でもあり、俺に何かを伝えたくて言ったものでもあるのだ。

そしてその内容には気づいている。昨日の帰り道で交わした推理が間違っていたと言いたかったのだろう。

しかし、そのことが余計に俺を混乱させる。

まず一体なぜそうなるのか理解できないし、あれほど自信ありげだったのに一体何が起きればそんな掌を返したような考えに至るのか。

直接聞ければ早いのだが、白ノ瀬が許してくれるはずもない。

謎は深まるまま時間だけが過ぎ去っていき、昼休みになる。

ダメ元で弁当を忘れたことにして購買に行こうとしたが、案の定、引き止められた。

「俺に昼ごはんを食うなって言うのかよ」

「人を鬼畜扱いしないで。行く必要がないって言ってるの。藤城くんの分はここにあるわ」

「お前の分を食えってことか？」

「違うわよ。わたしのは別にある」

「は？　なんで二つも弁当があるんだよ」

「さ、察しなさいよ！　わざわざ作ってきてあげたんじゃないっ」

まさか昨日の図書室の会話で俺が喜ぶと言ったから作ってきたのか。なんて運が悪いんだ。

ここまでされては拒否もできず、川北を伴った四人で昼食をとる羽目になり、普段つるまない組み合わせにクラスメイトの視線を集めて居心地が悪かった。

それに弁当は鮭味のふりかけで描かれたハートマークが目立つ愛妻風で、白ノ瀬が「作るの大変だったんだから感謝しなさいよね」と愚痴をこぼす一方、「美味しい？」「嬉しい？」と恥ずかしがった様子でしつこく感想を訊ねてくるのが演技とはいえ非常に不愉快だった。

耐え難い昼食を終えたあとは、今日も図書当番らしく同行を余儀なくされる。

図書室に向かおうと三人で教室を出たところで、廊下の向こう側から深森がやってきた。

「どうしたんだ深森⁉」

何やら目を擦りながら、「ぐす……ひっぐ……」と鼻を鳴らして泣いている。

普段の図太い神経からは想像できない姿に困惑する。俺と同じように白ノ瀬と羽柴も驚きに立ち止まった。

四限目が終わったときはいつもどおりだったから、そのあとに何かあったようだ。深森には一つ上の兄がいるらしく、昼休みはいつもゲーム同好会の部屋で一緒に過ごしていると前に聞いたから喧嘩でもしたのだろうか。

「藤城ぉ……これぇ……」

俺の質問には答えず、手に持っていた本を渡してくる。

見覚えのあるミステリー小説だ。先輩のオススメの物で先週まで貸してもらっていた。

受け取ってページを捲ると、アンティークルーペを象った栞が挟まれていた。こんな独特な栞を使うのは先輩しかいないだろう。つまり先輩の私物だ。

「どうして深森がこれを持ってるんだ？」

「……廊下に落ちてた……前に藤城が読んでたから藤城のかなって思って……」

「落ちてた？」

「すぐそこ……」

目先のトイレ前を指差す。

先輩が誤って落としたのか。それなら気づきそうなものだが……。

そこで嫌な憶測が脳裏をよぎった。

そんなことはあり得ないと思いつつも心の中では不安ばかりが広がっていく。

「……本を拾ったときに夕凪先輩を見かけなかったか？」

すると深森は目元に溜まった涙を右腕で拭いながら「だ、だれ？」と聞き返してきた。

「──っ！　三年の夕凪茜先輩だよ！　俺の彼女の……」

「し、知らない！」

俺の気迫に動揺したように勢いよくぶんぶんと首を横に振る。

自身の憶測が現実味を帯び、それでもまだ信じられずに俺は走り出した。

背後からかかる白ノ瀬の「待ちなさい！」という制止の声を振り払って三年生の階に急ぐ。

足を止めることなく一気に階段を駆け上がって着き、すぐさま先輩のA組へ。

教室にいた上級生たちが何事かと見てきたが構わず、近くにいた人に先輩のことを訊ねたところ──

「そんな名前の人はこのクラスにいないけど？」

他の上級生たちも意味が分からないというように顔を見合わせては首を振り合う。

それは先輩が失格になったことを物語っていた。

すぐに後を追いかけてきた白ノ瀬と羽柴は、愕然とした俺や戸惑う上級生たちの様子から事態を悟ったようで、各々先輩のことについて訊き始めた。

しかし結果は同じ。どの上級生も怪訝な顔をしてまともに取り合ってくれなかった。

騒ぎを聞きつけて他のクラスの人が集まってきたこともあり、俺たちは図書室に移動した。

三人でテーブル席に腰を下ろすと、隣に座った羽柴が不安げにこちらを覗き込んでくる。

「藤城くん、大丈夫？　だいぶ顔色が悪いけど……」

「……ああ、少し動揺しただけだから心配すんな」

今の俺はそんなに酷い面をしているのか……きっとそうなのだろう。

正直、心は激しく揺れ、どうしてなんでと頭の中は疑問符で埋め尽くされている。先輩が失格になるなんて思いもしなかったから。

「三人で行動していたかぎり不可能よ」

俺の胸のうちを覗き見たわけではないだろうが、白ノ瀬が断言する。『悪魔』の仕業ではなく禁止事項を破って失格になったと言いたいのだろう。

状況を鑑みるとそれが一番正しい推理だと思う一方で、あれだけ言葉に気をつけていた先輩がそんなドジを踏むわけがないと否定したい自分もいた。

だが、その主張をするには犯行時刻の壁を壊さなければならない。

白ノ瀬の監視の下、俺たちは固まって動いていて誰にも消す機会はなかった。そもそも『悪魔』の円先輩はもういないんだ。禁止事項を破った以外にどうすれば失格になるというのか。

それとも何か見落としや思い込みがあるのか。

だんだんと思考が錯綜してきて、たまらず椅子から立ち上がった。ここに座ったまま闇雲な考えに振り回されるよりも確実な情報を得るために行動したほうがいい。

今ある唯一の手掛かりは深森の証言だ。この本が落ちていた正確な位置や状況を再度聞こう。

「藤城くん、待ちなさい。どこに行く……」

「もう先輩はいないんだ。一緒にいる意味はねぇだろ」

吐き捨てるように言ってから図書室を出た。

胸中に迫りくる焦燥感とともに足取りが速まる。

もう時間がない。

頼みの綱の先輩がいない以上、俺だけの力で解決に導かなければいけないが、まだ祈り者の悩みどころか今朝の先輩の言葉で祈り者が誰であるのかも分からなくなってしまった。

「こんなことになるなら強引な手を使ってでも先輩に会いに行けばよかった……クソっ……」

先輩は俺に一体何を伝えようとしていたのか。

逸る気持ちで教室に戻ると深森の姿はなく、すぐさま折り返してゲーム同好会の部屋にも行ったがいなかった。

こんなときにあいつは一体どこに行ったんだ……時間がないのに……。

廊下で立ち尽くしたまま、苛立ちに右手を握りしめたときだった。

ずっと持ったままの本の硬い感触が伝わり、ふと、疑問に駆られた。

そういえば、どうして先輩はこの本を持っていたのだろうか。

深森は一年生の階に落ちていたと言った。先輩が一階にいたのは俺に会うためだと分かるが、それなら本を持ってくる意味は何なのか。

本を話題にすることで白ノ瀬の目から逃れようとした……いや、あの白ノ瀬の態度を見ればまず会話ができないのは賢い先輩なら分かったはず。

だとすれば、本を渡すことが目的だったのではないか。

そしてその理由は俺に対してのメッセージ以外にあり得ない。

「きっと何かあるはずだ。何か……」

急いでページを捲ったりカバーを取ったりして確認する。

しかし先週に読んだときと同じで、先輩の字が書かれているわけでも紙切れが挟まっているわけでもない普通の本だった。栞が挟まれたページを念入りに調べてもみたが特にそれらしきものは見当たらない。

ただの思い過ごしか。だが偶然に持ち合わせていたというのはやっぱり釈然としない。

この小説にまつわる先輩との会話を一つ一つ思い出していき――――しばらくして。

「そうか、語呂合わせだ！」

あれはたしか演劇部ゲーム初日。学校の帰り道で感想を語り合った際、俺が時間の覚え方について訊ねたときに、先輩はこのミステリー小説のトリックから数字の語呂合わせを学んだと言っていた。数ある本の中でこれを渡すものに選んでいることからしてもそうに違いない。

問題は肝心の語呂合わせが何かだ。数字だからおそらくページ数が関係していて二桁か三桁を変換した短い言葉だろう。

——演劇、ゲーム、生徒、悪魔、会議………。

思いつけるだけの短い単語を頭の中に羅列していって数字に置き換えられるものがないか探すが、なかなかに難しい。

手当たり次第じゃ候補が多すぎて無茶だ。ここは先輩の思考になって考えろ。

俺に何かを伝えようとする際に先輩が真っ先に考える言葉……俺に伝える……俺に……。

そこで何度も繰り返していた言葉があることに気づく。

「そうだ。先輩は〝俺〟に伝えようとしていたんだ」

つまり俺の名前。遠也（とおや）の108だ。

当たっていることを祈りながら百八ページを開いて確認すると、考えは見事に的中していたようで、所々の文字に鉛筆で丸が付けられていた。注視しないと分からないほど薄（うっす）らだ。

なるほど、これならこのページに何かがあると分かっていなければ到底（とうてい）気づけない。

やはりここまで手の込んだことを考える先輩が禁止事項で失格になったとは考えられない。きっと、この本を俺に届けようとした途中で『悪魔』に消されたのだ。トイレの前に落ちていたらしいから俺が用を足している間にでも実行したのだろう。

当然『悪魔』は先輩がこの本を持っていることに着目するが、ページを捲っても変哲がなく杞憂だと断じてその場に放り捨てたままにした。隠すには時間がなく持っているところを俺に見つかれば先輩を消したことがバレてしまう恐れがあったから。

それを後に深森が見つけて届けてくれた、と大体の経緯はそんなところだろう。

先輩が危険を冒してまで伝えようとしてくれたものだ。重要な内容に違いない。

丸がしてある文字を繋げて読んでいく。


『このゲームの目的は何？』


予想外の文章に思わず眉をひそめる。

てっきり祈り者に関しての情報だと思っていたのに……。

そもそも右から順に読むことが間違いという可能性を追い、何度かバラバラに読んでみるものの、やっぱりその意味以外は見つけられなかった。

演劇部ゲームの目的は文化祭のときの主役を決めるため……ではないのだろう。

わざわざこの文章を選んだということはそれなりの理由があるはずだ。

俺は廊下の壁に背を預け、これまでの出来事を一から頭の中で反芻しはじめた。

＊＊＊

俺はひとり校舎の屋上で羽柴を待つ。

今は六限目の授業中で体調不良を理由にサボっている。

授業は芸術選択で、俺は書道。そして羽柴は美術で、白ノ瀬は音楽だ。

先輩が失格になって白ノ瀬の監視が薄らいでいる今、このばらけた機会を逃す手はない。

昼休みの終わり際、羽柴の美術道具に『二人きりで話がしたい。屋上で待つ』という旨を書いたメモ用紙を忍ばせておいた。人目がないここなら素で話せるだろう。

やがて防火扉が軋んだ音を立てて開き、羽柴が姿を現した。

来てくれたことに安堵しつつ、開口一番に言った。

「協力してほしいことがある」

＊＊＊

放課後。

俺たちは三人揃って部室に行く。

道中一言も喋らないまま部室に着き、それぞれ所定の位置に座って会議時間になるのを無言で待つ。

やがて時間になり、楓先生が現れた。

投票箱を円卓の真ん中に置き、用紙とペンを俺たちの前に配り終わったあと、宣言する。

「これより投票会議を始めます」


演劇部ゲーム最後の投票会議が幕を開けた。

すぐに白ノ瀬が沈痛な面持ちで話しはじめる。

「昼休みからずっと考えていたけど、不可解な事が多すぎて頭が混乱してる……だからここは夕凪先輩の件について掘り下げましょう。新たに分かることがあるかもしれな――」

「まどろっこしい推理はもういい」

俺は探偵のごとく白ノ瀬に向けて指を差し、

「白ノ瀬。お前が『悪魔』だ」

はっきりとした口調でそう告げた。

まさか俺から疑われるとは予想だにしなかったのだろう、白ノ瀬は一瞬唖然としたあと憤りに眦を決する。

「なんでそんなことになるのよッ！　こんなときに冗談はやめて！」

「冗談なわけあるか。俺は本気でお前のことを『悪魔』だと思ってる」

「誰よりも他人を疑っていたわたしが『悪魔』なわけないでしょ！」

「それはそう思わせるための演技だろ」

「言いがかりも甚だしい！　だったら昨日の円先輩の告白は何だったのよ⁉」

「あれも演技だ。自分を『悪魔』に仕立てて失格になることで、もう『悪魔』はいないんだと俺たちの恐怖と他人に対する疑念を取り除こうとしたんだ」

「ただそう思いたいだけでしょ。根拠もないくせ——」

「根拠ならある。本当に円先輩が『悪魔』だったなら俺はこの場にいないからだ」

そう言っても白ノ瀬は不服に顔を歪めたままだ。どうやらまだ分かっていないらしい。

俺も怒濤の展開に翻弄されてつい見落としてしまっていたが、『悪魔』としての円先輩の行動にはおかしな点があった。

「二日前の深月先輩が失格になった球技大会で、なぜ円先輩は保健室で出会った俺ではなく、そのあとに出会った深月先輩を消したんだ？」

「それは、他の部員がどういった行動を取っているのか把握できないからリスクが高くてできないって推理を夢先輩が話してたじゃない。覚えてないの？」

「いや覚えてる。だからこそ円先輩は『悪魔』じゃないんだ」

「……どういうことよ？」

「他の部員の動向が把握できずに俺を消さなかった円先輩は、なぜ昨日、わざわざ昼休みに玲奈先輩を消したんだ？」

「あ……」

ようやく気づいたか。

ここまで静観していた羽柴も納得したように頷く。

「たしかに行動がおかしいわね。昨日の昼休み、円先輩は委員会の集まりで単独行動をしていて他の部員の動向が分からなかったのに玲奈先輩を消してる。二日前の保健室で藤城くんを消さなかった用心深さはどこにいったのかしら」

「そう、円先輩には『悪魔』としての行動に一貫性がないんだ」

もし仮に委員会の集まりに行ったことが嘘で俺たちの動向をどこからか見ていたとするなら余計に玲奈先輩は消さない。あのとき俺たち一年生と先輩は一塊になって図書室にいたのだ。自身だけにアリバイがなくなってしまうのは容易に分かるから。

「逆に昼休みだからみんなが離れ離れになってると思って玲奈先輩を消した可能性も……」

「それはないだろ。二日前の投票会議であれだけ疑い合いに発展したんだ。俺やお前が考えたように白を証明するため一緒にいようとするのは誰だって予想できることだし、百歩譲ってそういう思考に至る人物なら、球技大会でみんなが（高い確率で）離れ離れになっている且つ保健室で偶然に訪れた俺を消す機会を見逃すはずがない」

「……初めから深月先輩と玲奈先輩を標的にしていたとしたら……」

「それは昨日の円先輩の告白からないと言える。聞いたかぎりだと『悪魔』の力を使ったのは自分の欲求を満たすためだけで誰かを恨んでしたものじゃなかったみたいだからな。最後のほうで罪を償うと言っていたのが証拠だ」

「………」

白ノ瀬は反論の余地を無くしたようで一度黙ったあと、ふたたび怒りを再燃させる。

「円先輩が『悪魔』でないのは分かった。でもだからってなんでわたしが疑われないといけないのよ！」

「それはこの中で、唯一お前にだけ犯行が可能だったからだ」

「意味が分からないっ！　夕凪先輩の失格が判明するまで今日ずっと一緒にいたじゃない！」

「一緒にいたと言っても四六時中視界にいたわけじゃないだろ。加えて、本が落ちていたことから先輩の消失地点は一年生のトイレ前。俺が用を足す隙を衝いて消すことは十分にできた」

「だったら羽柴くんが『悪魔』の可能性もあるでしょ！」

「羽柴に犯行は無理だ。常にお前の監視下にいたんだからな」

「……そんなのただのこじつけよ。何一つ確実な証拠がない」

やはりそう簡単には認めないか。

こうしている間にも時間は失われていく。俺の計画どおりに事が進んでいるなら急がないと。

「何も先輩の件だけじゃない。深月先輩と玲奈先輩だってお前が消したんだ」

「はぁ。何が何でもわたしを『悪魔』にしたいようね。どちらの時もわたしには明確なアリバイがあるのよ。特に深月先輩の件は証人がいるわ。そうでしょ、羽柴くん？」

「……ええ、白ノ瀬さんは試合が終わったあとも川北さんと一緒に女子バレーコートの近くにいたわよ」

「だけど、そのあと目を離した時間があるだろ。渡り廊下に俺を呼びに来たあとはメンバー確認があったからその間は白ノ瀬の行動がフリーだ」

「それはそうだけど……でもメンバー確認って二分も掛かってなかったし、それが終わったあとで、応援のために男子バスケのコート近くに移動した白ノ瀬さんたちの姿をアタシは見てるわ。その短い時間に体育館を出て深月先輩を消すのはいくらなんでも無理があるんじゃないかしら」

「べつに体育館を出る必要はない。なぜなら深月先輩は体育館内にいたんだからな」

「……どういうこと？　急用の深月先輩と別れた夢先輩がお手洗いを済ませたあとすぐに体育館に戻ったけど、深月先輩の姿はなかったって言ってたわよね？」

「その急用ってのがチームメンバーからの呼び出しだったんじゃないか。つまり俺たちがメンバー確認を取られている間に深月先輩は体育館に戻ってきていたんだ。当然、次の試合に出場するメンバーたちはコート付近で待機していたからそこに深月先輩もいたことになる。そして白ノ瀬お前もな」

夢先輩が校舎のトイレから体育館に戻ったときには、すでに深月先輩は『悪魔』の毒牙によって失格になっていたんだ。

「たしかに二年生のチームメンバーはいたけど、その中に深月先輩の姿はなかったわよ。仮にそうだとしても、どこから部員が見てるかも分からない場所で『悪魔』の力を実行するわけがないでしょ」

「そうか？　そのとき夢先輩は校舎にいて円先輩は二階にいたから深月先輩の周りに演劇部員はいなかったことになる。そして女子バレーと男子バスケのコートは隅で離れてるから俺と羽柴には見つからないし、その直前まで自分のことを羽柴が見ていたとなれば、まず自分は怪しまれないだろうと踏んで勢い任せに消したってこともあり得なくはない」

白ノ瀬は聞き分けのない子供に辟易したように小さく頭を振る。

「よくもまぁ、そんな都合のいい解釈を思いつくわね。話に付き合うのがバカバカしいわ」

「反論できないからって論争から逃げる気か？」

「だったら玲奈先輩の件はどうなの？　あれもわたしの仕業って言ってたわよね」

「ああ、そうだ」

少しの気後れも見せない俺に、白ノ瀬の顔が苛立ちに染まる。

「本当に状況を覚えてるの？　わたしは図書室にずっと……」

「ずっとじゃない。一度だけ図書室を抜けたときがあったよな？」

「……お手洗いに行った際に玲奈先輩を消したとでも言いたいの？　夕凪先輩も同行してたから無理に決まってるじゃない」

「俺たちが見たのは図書室から出ていく姿だけであって、そのあとは見ていない。推測するに先輩はトイレの中まで入らなかったんじゃないか」

「ちゃんと手洗い場まで付いてきてもらったわよ。大体そう考えると、その時に玲奈先輩がまだトイレの中にいたことになる。教室に戻ったっていう夕凪先輩の話をもう忘れたの」

「玲奈先輩が先輩にそう嘘をついたんだ。事前にお前と二人きりで会う約束をしていたから」

「朝からあなたたち二人と一緒に行動していたわたしが、いつ玲奈先輩に約束を取り付けられたって言うのよ」

「本を返却したときだ。前もって会いたい旨を書いた紙をこっそりと渡したんだろ」

「玲奈先輩たちは偶然に図書室を訪れたのよ。そんなもの用意してるわけないじゃない」

「偶然とは言えないだろ。前日の会議であれだけの騒動が起こったんだ。責任を感じていた玲奈先輩が部員の様子を見に、昼休みに会いに来る確率は高い。言い争ったお前には特にな」

「――ふざけるのもいい加減にしてっ！」

　ついに堪忍袋の緒が切れたか、テーブルに激しく両手をつく。

「どれもこれも妄言よ！　何一つ証拠を出せないくせに好き勝手言わないで……！」

「だが辻褄は合う。そして俺と羽柴こそ、どの時間においてもお互いの目が届く場所にいた。この中で『悪魔』はお前しかあり得ないんだよ」

忌々しそうに睨みつけてくる白ノ瀬の鋭い眼差しを真っ向から返していた最中、視界の隅で羽柴がペンを手に取ったのが見えた。

そのことに白ノ瀬も気づき、あからさまに慌てる。

「ちょ、ちょっと羽柴くん、何をしてるの……？　まだ会議時間は半分以上も残って……」

「白ノ瀬さん、ごめんなさい」

一瞬たりとも筆を止めることなく白ノ瀬の名前を書き終わり、問答無用で投票箱に入れた。

「え……なんで……？」

白ノ瀬は現実を受け止めきれず、時が止まったかのように固まる。

ほどなくして羽柴が敵対したことを理解したようで、椅子が倒れそうな勢いで立ち上がった。

「なんでわたしに入れるのよッ⁉　今の話はどう聞いたって難癖じゃない！」

「たしかに藤城くんの話に証拠はないから、全部が全部その通りだとは思っていないわ。でもその説明以外にこれまでの状況に合点がいく答えがないのも事実だから」

「まだ禁止事項を破った可能性が残ってるでしょ！」

「それは限りなく低いわ。一人ならまだしも、これだけ失格を警戒した中で三人もの人が同じミスをするのは変よ。少なくともどれかの件に『悪魔』が関わっているのは確かだと思う」

「――ッ。だからってなんでわたしなのよ……わたしが失格になったら……わたしが……」

必死に考えを巡らせるように顔を手で押さえながら独り言をつぶやく。今にもその場にへたり込んでしまいそうに体がよろめき、テーブルについた手でなんとか支えている。

やがて、どこか虚ろな瞳を俺に向けてきた。

「……ねぇ、藤城くん。お願いがあるの。羽柴くんに投票して。わたしもするから」

まるで願いを叶えてくれる神様に祈るように両手を握りしめる。

「お願い……なんでもするからわたしに入れないで……わたしは失格になっちゃいけな……」

「いいぜ」

叶わぬ望みだと心のどこかで諦めていたのだろう、あっさりとした俺の返答に「え……」と声を漏らしてポカンとする。

「ただし、一つだけ条件がある」

「じょ、条件って何よ……？」

「今この場でお前の悩みを話してもらう」

「――――!?　それに何の意味があるのよ!?」

「べつに意味なんてねぇよ。強いて言えばお前の本気が見たいぐらいだ。そう難しいことじゃないだろ。ただ打ち明ければいいだけなんだからな」

「…………言えば本当にわたしに入れないの？」

「ああ。そのときはお前の願いどおり羽柴に投票してやるよ」

「…………」

白ノ瀬は一瞬だけ羽柴に視線を向けたあと、覚悟した表情で小さく頷く。

そうして白ノ瀬が口を開こうとしたときだった。

俺の目線の先、白ノ瀬の背後にある部室のドアが開き――

「おー、やってるやってる」

「あれ？　演劇部員ってこれだけ？」

「白ノ瀬さんと羽柴くん来たよー……ってなんで藤城くんが……？」

一年B組の生徒たちが現れ、口々に声を上げた。

その中には深森や川北の姿もあり、深森が俺に向けてグッと親指を立ててくる。どうやら上手いこと事が運んだみたいだな。

当然、みんなが訪れてきたことに白ノ瀬は狼狽する。

「ど、どうしてクラスのみんなが……」

「俺が呼んだんだ。せっかく一年生だけが生き残ったから観劇してもらおうと思ってな」

部室へ来るまえに、「演劇部ゲームの観劇案内をクラスの黒板に書いてほしい」と深森に頼んでおいたのだ。……予想じゃ十人も来ればいいと思ってたけど半数以上はいるな。さすがは人気者たちだ。

「さぁ会議の続きをしようぜ」

「……っ」

「どうした？　もしかしてみんなの目が怖くて言えないのか？」

見え透いた挑発をしても、白ノ瀬(しろのせ)は反論どころか言葉一つ発せずに荒い息を繰り返すばかり。

その態度だけで何を考えているのかは容易に分かった。

いつまでも答えを出さない意気地なしに言ってやる。

「もういい加減、過去から抜け出せ。——リョウ」

俺の幼馴染——白ノ瀬澪(しろのせみお)は目を瞠った。

顔を青ざめさせるリョウに構わず、ペンを持って畳みかける。

「何も答えないってならこのままお前の名前を書くぞ」

「ちょ、ちょっと待ってよ！」

さすがに押し黙っていられなかったようで楓(かえで)先生を指差す。

「わたしの気持ち以前に役の放棄になるから言えないの！」

「その心配はねぇよ」

「テキトーなこと言わないで！　失格にならない正当な理由があるとでも……」

「俺が失格になっていないからだ」

俺は演劇部ゲームが始まってからずっと素のままだ。普通であれば初日で注意を受けて失格になっている。

先輩と深森が俺の素をフレンドリーと言ってくれたように、元々の性格だから見逃してもらっているとこれまでは思っていたが、実際はそう呼べるほどポジティブ思考でも明るい気質でもないからその理由は当てはまらない。

だからやはり役の放棄の判断基準は、説明会のときに楓先生が話した〝学校にいる時の普段の性格に戻ること〟なのだ。

重要なのは、この普段の性格というのが素ではなく楓先生視点からの印象ということ。

他の部員が素の性格とはかけ離れた役柄を渡される中、フレンドリーという見当違いな役柄を渡されたことからしても、俺の普段の性格は近寄りがたいものと見なされているのだろう。

つまりそれに当てはまる行動（睨みつけるや仏頂面で無口など）をしなければ禁止事項を破ったことにはならないわけだ。

そしてそれは日々性格を偽っているリョウも同じ。本来の男勝りな性格を学校内で知っているのは俺と姉貴ぐらいのものだろう。ちなみに俺が澪（リョウ）とべつの読み方で呼んでいるのも、澪（みお）という可愛らしい響きがしっくりこないからだ。

頭の良いリョウならそのことを理解したはずだが、依然として決心がつかないのか再び黙り込み、出口のない迷宮に迷い込んでしまったかのように苦渋の色を浮かべるだけ。

俺は時計を見る。

投票会議の残り時間はあと半分。中学時代のトラウマを乗り越えるにはあまりに短い時間だ。

ここは勇気を与えるための後押しが必要だが、この状況に追い込んだ俺が言っても誠実さに欠けて心に響かないし、たとえそうでなくとも境遇の違う人間の言葉を信じるとは思えない。

なら、境遇（それ）が同じ人間に力を分けてもらえばいい。

そのとき、羽柴（はしば）が椅子から立ち上がった。

表情はガチガチに緊張し、体の横で握りしめた拳が震えている。

この演劇部ゲームには、いくつもの違和感があった。

まず、学校生活の間ずっと役を演じるというルール。

演劇部だからという理由で納得していたが、よく考えてみればあまりにも大々的だ。文化祭の催しなどであれば一種の活動として認められるかもしれないが（いくら楓（かえで）先生に人望があるとしても）他の生徒たちに悪影響を及ぼす可能性があることを学校側が承諾するはずがない。しかし滞りなくゲームは始まった。つまりそれ相応の理由があったことに他ならない。

次に、役の放棄の判断基準。

なぜ〝素の性格〟とせずに〝学校にいる時の普段の性格〟という回りくどい言い回しに定めたのか。

最後に、『ゲームが無事に成功しますように』と少女像に祈る不自然さ。

無事とは何がなのか、観客もいないのに何を以て成功とするのか。

この複数の違和感に気づいたとき、俺は考えた。

俺と先輩を誘う時点で部の活動ではなく、個人的な考えで主催されたものではないかと。

このゲームの立案者は部長である玲奈先輩だ。玲奈先輩が自身のために部を巻き込むとは考えにくいから、他の人間、つまり部員の誰かのために行った可能性が高い。

それは誰か。これまでの部員たちとの会話である一人のことが出てきていた。

羽柴だ。羽柴のためにこのゲームは開催されたのだ。

そして、その羽柴に関する目的が何なのかすでに分かっている。

引っ掛かったのは昨日の昼休み、リョウが先輩を連れてトイレに行っているときに羽柴とした会話の内容だ。リョウのことについて語る中で、自分が演劇に携わるのは高校の部活が初めてということを言っていた。

だが、それにしてはオネェ役の口調や一つ一つの動作が傍から見ていて完璧で、妙にハマりきっていた。

まるで普段からそのキャラを演じているみたいに。

羽柴は気持ちを奮い立たせるように一度深く息をついたあと、クラスメイトたちを振り向く。

「みんなに聞いてほしいことがあるの」

真剣な態度に、クラスメイトたちは口を閉じて耳を傾ける。

「この五日間、アタシが演劇部の活動で役を演じていたのはみんな知ってるわよね。……でもそれは嘘。ここ五日間の、今のアタシが本当のアタシなの！」

胸に手を当てながらはっきりとした声音で伝えた。

そう、羽柴はずっと演技なんてしていなかったんだ。ありのままの自分を出していただけ。

今の今まで隠し続けていたわけだから何かしらの苦悩があったのは明白だ。キャットウォークで俺に言えなかった悩みがそれに当たる。

夢先輩や円先輩が羽柴の悩みを知っていたことから、いつの日かは分からないが羽柴は部員全員の前で自身の性格を吐露したのだろう。個性の強い部員たちに相談したのかもしれない。

それを知った玲奈先輩は力になろうと部の活動を名目とした素を出せる機会――演劇部ゲームを考案した。少女像に無事と成功を願ったことを鑑みるに、クラスメイトの反応を見てもらって羽柴に勇気を出させようとしたのだ。

報酬ありのゲーム方式にしたのは、自分のせいで部員たちを巻き込んでしまったことを羽柴が気に病まないよう配慮した結果だろう。役の放棄の判断基準を〝素の性格〟としなかったのも、そうすれば素の羽柴は即失格になるからだ。

「え、どういうこと？」「役を演じてないって……あのオネェは元からってこと？」クラスのみんなは突然の告白に戸惑い、ひそひそと話しはじめる。

予期していた光景だったのか、羽柴は取り乱さなかった。

目を逸らすことも耳を塞ぐこともせずに、ただじっとみんなの反応を受け入れていた。

しばらくして驚いた表情のリョウを振り向き、心を痛めるように辛い面持ちをする。

「白ノ瀬さん。藤城くんから白ノ瀬さんの悩みを聞かせてもらったわ。事情を知らなかったとは言え、アタシのせいで心を追い詰めさせることになってしまってごめんなさい」

羽柴の気持ちはよく分かった。

今回の怪現象を引き起こしたのはリョウの祈りだ。

だが、そもそもどうして少女像に祈るほどに深く悩んだのか。

リョウが自身の性格を偽り出したのは今に始まったわけじゃないし、これまでそのことについて気にした様子もなかった。それがなぜ最近になって悩むに至ったのか。

それは羽柴が部員たちに告白した出来事があったからだ。

まさか自分と同じ素を隠した人が身近にいたとは驚いただろう。同時に気持ちが感化されていったとしても不思議じゃない。

しかし、リョウに羽柴のような勇気はなかった。

リョウのトラウマの発端は女子たちに仲間外れにされたことだ。演劇部は女子部員が多い。羽柴が受け入れられたからといって自分がそうなるとは信じられなかった。

諦めながらも心のどこかでは素でみんなと交流する羽柴を羨み、嘘を吐き続けている自分と比べて煩悶した結果、少女像に祈ったのだ。

そしてリョウは先輩の怪現象の経緯を俺から聞いているものの、深い悩みが関係していてそれを解消することが唯一の解決方法だということを知らない。今回の引き金が自身の祈りだと気づいていながら会議の場を掻き乱してまで祈り者と『悪魔』を捜すフリをした様子を見るかぎり、自身の勝利で怪現象に決着がつくと誤認しているのだろう。『悪魔』の勝利条件は最後の投票会議までに『生徒』と同数になること。みんなが手を取り合って協力していたら人数が減らないから。

負ければ失格したみんなは助からない。だが勝つには秘密を打ち明ける必要がある。

今、リョウはその二つの苦悩の間で迷っているのだ。

リョウは羽柴から謝罪されて焦ったように首を横に振る。

「羽柴くんのせいじゃない！　悪いのは素直になれないわたしで…………」

「……白ノ瀬さん。アタシね、中学の頃に想いを寄せていた人がいたの。同級生の男の子よ」

ふたたび黙ってしまったリョウに対して慈しむように語りかける。

「同性だから叶わぬ恋だと思って諦めていたある日、アタシ以外にその人を好きな子がいるって知ってどうしても気持ちを伝えたくなったの。人生最大の勇気を出して放課後の校舎裏に呼んで告白したら冗談だと思われたわ。それでも何とか必死に伝えたら本気だと理解してくれたけど、その人の返事は………気持ち悪いって一言だった。挙げ句はそのことが周りの人に広まってアタシは腫れ物扱い。本当、惨めな学校生活だったわ」

その時の光景が脳裏にフラッシュバックしたのか、悲哀の表情を浮かべる。

そんな羽柴に、俺は感謝と同時に詫びを感じた。

羽柴の本当の姿に気づいた俺は、学校の屋上に呼び出して頼み込んだ。

幼馴染を助けたい。力を貸してくれ、と。

リョウの後押しができるのは同じ境遇を辿っている羽柴しかいないと思った。それがどれだけ羽柴の心に負担をかけることになるか分かっていながら。

にもかかわらず、羽柴は俺のお願いどおりに立ち上がってくれた。感謝してもしきれない。

「だったらどうして素を出せるの……また嫌な思いをすることになるかもしれないのに……」

「……そうね。アタシも中学時代の苦痛を繰り返すぐらいなら胸に秘めたまま過ごしたほうが良いって何度も考えたわ。正直今だって怖くて立ってるのがやっとよ」

「じゃあどうして……⁉」

「たとえ個性を隠して幸せになったとしても、そこにいるのは〝僕〟であって〝アタシ〟じゃない。過去に囚われたまま現実を決めつけて未来で後悔するのは何よりも残酷なことだから」

その言葉の意味を誰よりも理解したのだろう、リョウは制服の胸元を掴む。

「白ノ瀬さんは本当のアタシを知ってどう思った？　気持ち悪い人だと思った？」

「そんなことないっ！　どんな性格だろうと羽柴くんは羽柴くんよ！」

「ありがとう。だけどそれは逆も同じなのよ。アタシも白ノ瀬さんの個性を尊重する。絶対に嫌ったりしない」

「……っ」

それでも顔を俯けてまだ迷いを見せるリョウに、羽柴も負けじと後押しを続ける。

「安心して！　いくら白ノ瀬さんが度を越した変態でもアタシは受け入れるわ！」

「…………へ？」

素っ頓狂な声とともに顔を上げて固まるリョウ。

羽柴はその様子に気づいていないのか、熱のこもった励ましを止めない。

「藤城くんに聞いたわ。幼馴染が好きすぎるあまり無断で部屋に侵入しては私物を漁ったり、通学路でストーキングしたり、恋人と別れるように仕向けさせたりしたって。でもそれって普通よりも愛が深いだけよ。それだけ一途ってことだから恥ずかしがる必要はないわ！」

「ちょ、ちょっと待って何の話……」

「大丈夫よ！　アタシも恋い焦がれた時期があったもの。その程度じゃ動じないわ！」

「じゃなくて、わたしの話を聞い……」

「もう隠さなくてもいいの。白ノ瀬さんがどんなにマニアックな性癖を持っていようとアタシの中では変わらない大切な友達だか……」


――ダンッ!!


テーブルから鳴った激しい音が羽柴の言葉を掻き消す。

リョウは見るからに怒りに肩を震わせながら、

「――ちっがあぁぁぁぁう!!　オ、オレは性格が男よりなだけで幼馴染が好きでも変態でもない！　なに変なこと吹き込んでんだよこのバカ遠也ぁぁぁぁぁっ！」


そう一息で、部屋全体に響き渡るほど力強く否定した。

居た堪れないような静寂が室内を満たす。

少しして、リョウは本性が出ていたことに気づいたようで、口から「あ……うぁ……」と言葉にならない声を漏らし、顔から血の気を引かせていく。

吃驚する周囲の中、羽柴だけは優しく微笑んで「そう。アタシたち似たもの同士だったのね」と呟くように言った。

それからリョウのそばまで歩み寄って手をとると、自分の両手で包み込む。

「大丈夫、アタシがついてる。一緒に過去を乗り越えましょう」

「……っ…………」

そんな二人の姿に、置いてけぼりで状況を呑み込めていないクラスのみんなは「演技？」「そういう台本？」と目の前の光景が真実であることに気づいていない様子だ。

今ならまだ『演劇だった』で全て済ませられる。これまでと何ら変わらない生活に戻れる。

だが、もうその偽りの仮面を被らせるつもりはない。

「――ったく、いつまでもメソメソしやがってこの根性なしが。これだけ羽柴が力になるって言ってんだ。今さら何をそんなに迷う必要があるんだよ」

「……っ！　お前にオレの気持ちの何が分かるって言うんだよ！」

リョウは痛みに耐えるかのように苦悩した表情で叫ぶ。

「本当の自分を殺して偽物の気持ちで生活する辛さが！　好きなことだって嫌いなことだって、全部我慢してまで周りに合わせてきた苦しさが！　またみんなに嫌われて独りになる恐怖が！」

悲しみを含んだ目で俺のことを睨む。

「男っぽい仕草をしないよう気をつけて、言葉遣いを直して、普通の女の子になろうと努力した！　それでもまだ変なところはないか、ボロを隠せてるかって心配する毎日………オレはいつもギリギリの精神で過ごしてるんだよ！　勝手な想像でオレの心を簡略化するな！　お前に言われなくてもオレだって……本当はオレだって自分に正直に生きたいんだ！」

泣くのを堪えるように目を伏せる。

「……でもダメなんだよ……この性格は普通じゃないんだ……オレがいたらみんなの輪を乱す……〝わたし〟じゃないと、みんなの気持ちに同調できる〝わたし〟じゃないと、また同じ過ちを繰り返す……あんな惨めな思いはもう嫌だ………」

尻すぼみになっていく言葉。深い後悔を滲ませるようにスカートの裾を固く握りしめる。

これまで見たことのない幼馴染(リヨウ)の追い詰められた姿を見て、これまで知らなかった幼馴染(リヨウ)の隠された本心を聞いて。

だからこそ、俺は普段の雑談をする時の口調で言葉を返した。

「――で。泣き言はもう終わりか？」

「……なんだと」

「もう十分に想いを吐き出してスッキリしただろ。早く決心を固めろ」

「オレの話をちゃんと聞けよ！　お前は何も分かってない！」

「ああ、俺はお前や羽柴(はしば)と違って素を隠したことがないからな。同情心なんて湧いてくるわけないだろ。しかも聞いていれば、中学のトラウマを今に持ってきて、ただ自分で自分を追い詰めてるだけじゃねぇか」

「違う！　また中学時代みたいになるかもしれないだろ！」

「そうはならねぇよ」

「どうしてそんなことが言えるんだ！」

「ここに二人、お前の味方がいるからだ」

「――――」

俺が自分と羽柴を手で示すと、リョウはハッとしたように目を見開く。

「もし最悪の状況になったとしても、お前が噂で孤立した俺のことを見捨てなかったように、俺だってお前のことを独りにさせない。大体、幼馴染の俺が今さらお前の性格に疑問を感じて遠ざけるなんてことあると思うか？」

「それは……その状況になってみないと分からな……」

「ないな。絶対にない。個人的な喧嘩なら知らないが、ただ人目を気にして周りと同調するなんて面倒くさすぎてやってられるか。現在進行形で嫌われた男の図太さを舐めんな」

「だけど……」

「そろそろ分かれ。俺とお前の腐れ縁はその程度のことじゃ切れねぇんだよ。それにな――」

まっすぐに顔を向けて伝える。

「少なくとも俺は、非の打ち所がなくて絶賛される優等生の白ノ瀬澪（しろのせみお）じゃない、いつもやかましいほど元気でバカバカしいことを言い合える幼馴染の白ノ瀬澪（しろのせみお）と学校生活を送りたい」

「遠也（とおや）……」

「言っておくが、これは本心だ。俺に素を隠すなんて器用な真似はできないからな」

リョウは俺と羽柴（はしば）を交互に見つめる。

助けを求めるような視線を受けて、俺たちは一瞬も瞳を逸らすことなく、それぞれ固く頷く。

リョウはきゅっと唇を結んで瞳を潤ませた。

それを見られまいとすぐに顔を俯かせる。

「……なんだよ、その演劇みたいなキザな台詞は……そんな真正面から言われると恥ずかしくなるだろ………ほんとに、いつもオレの気持ちをかき乱すやつだなお前は……」

そう呟いたあと、ゆっくりと目を閉じる。

そっと胸に手を当てて、少し荒い呼吸を繰り返す。

想いを巡らせるように、過去に抗うように、しばらくの間その状態を続ける。

そして徐々に、その息遣いは静かなものになっていき——

やがて上げた顔とその瞳には、決心が宿っていた。

リョウは勇気をもらうように羽柴（はしば）の手をぎゅっと握り返して、クラスメイトたちを向く。

「みんなに言わなくちゃいけないことがあるんだ。ここまでの話はすべて本当。今までの〝わたし〟が演技で、これが素の〝オレ〟なんだ」

その明瞭な声に、もう迷いは見えない。

「この男勝りな性格のせいで中学の頃に仲間外れにされたことがあって、高校でもそうなるんじゃないかって不安になったんだ。みんなから除け者にされることが……すごく怖かった……。

だから〝オレ〟は周りの信頼を得るために、理想像の〝わたし〟を作り出した。

少しでも共感を得られない都合の悪いところは全てひた隠しにして、みんなが〝わたし〟に好意を向けてくれる居心地のいい環境にずっと浸ってた。

……でも、常に心のどこかでモヤモヤする気持ちがあって。ある日の出来事を境にそれは大きくなっていった。これから先〝わたし〟が順風満帆な学校生活を送れたとして、胸のうちに閉じ込めた〝オレ〟は本当に後悔しないのかって。

そう疑問を抱いても過去のトラウマが蘇って――――いや、こんなの全部言い訳だっ。

〝オレ〟はただ好かれたいがために今までずっとみんなのことを騙してきたんだ！

みんなが称賛してくれた白ノ瀬澪は絵空事の〝わたし〟なんだ！」

リョウは頭を下げた。

――本当のオレはこんな人間です。ずっと偽り続けてきてごめんなさい。

すぐに羽柴も「アタシも白ノ瀬さんと同じよ。嘘をついてきてごめんなさい」と庇うように頭を下げた。

二人の謝罪が静けさの中に溶け込むように消えていったあと、クラスメイトたちの間からポツリポツリと囁き声が聞こえてきた。内容を聞くかぎり、どうやら演劇でないことは伝わったみたいだ。

判決を待つ被告人のようにリョウたちが頭を下げ続けたまま緊張した面持ちで黙っていると、みんなの中から川北が歩み出てきて、

「やっぱりそうだったんだねっ」

まるで謎が解けてスッキリしたような明るい声を出した。

予想外の返答だったのだろう、リョウは頭を上げて「え……え？」とあからさまに戸惑う。

「やっぱりって……春ちゃん、オレの本当の性格を知ってたのか……？」

「そういうわけじゃないけど、澪ちゃんってたびたびカッコいい時があったからさ。例えばほら、このまえ一緒に行ったお買い物で私が知らない男の人たちに絡まれた時にすごい剣幕で守ってくれたよね。あの時の澪ちゃん、すごく頼もしくて思わずキュンってしちゃったよ」

その心当たりは川北だけではなかったようで。

「……言われてみれば、白ノ瀬さんっておっとりしてるようで決断が早いし、球技大会の時とかもみんなを引っ張っていくほどハツラツとしてた感じだったよな」

「ああそれ俺も思ってた。前に男子バレーの練習に付き合ってくれた時も頼りがいがありすぎて男の俺たち顔負けだったもんな」

「恋愛相談の時に羽柴くんがあれだけ女心を理解してくれたのはそうだったからなんだ」

「うんうん、うちらよりも可愛いものとかに詳しくて勉強になったぐらいだもんね」

呆気ないほど合点がいくクラスメイトたちに、リョウと羽柴は唖然とする。

そしてだんだんと先程まで大仰に事を考えていた自分たちの姿でも思い出したのか、恥ずかしさに顔を赤らめる。……まったく、そうそう生まれ持った性質を完璧に隠せるわけがないだろうに。

「……その……オレ、こんな性格だけど……き、嫌いになったりしないのか？」

「全然！　前とはガラリと変わったから少しびっくりしちゃったけど、澪ちゃんは澪ちゃんだよ。私の変わらない大切な友達！」

川北に同意するように、他のみんなも納得するばかりでさして気にした様子はない。

それは二人の個性が受け入れられた瞬間だった。

クラスメイトたちの想いやりにリョウは目じりに涙を溜め、羽柴とお互いに顔を見合わせて照れるようにはにかんだ。

そんな温かな雰囲気が広がる最中。

「――二人ともぉぉぉぉ‼」

突然、ずっと棒立ちだった楓先生がリョウたちの元に駆け寄ってガバっと強く抱きついた。

「先生ぇ、気づいてあげられなくてごめんねぇ……！　白ノ瀬さんと羽柴くんの勇気ある告白、とてもとっても心動かされたわぁ！」

大の大人とは思えないほど感激にわんわんと泣き叫ぶ。

その感情の波が激しい様はいつもの楓先生だ。つまり。

俺は咄嗟にポケットをまさぐるが、リョウに取り上げられていることを思い出す。

「羽柴、電話をかけられるか⁉」

「──ええ、分かったわ」

すぐにこちらの意図を察したようで、そばに置いたバッグからスマホを取り出して操作し、耳に当てる。

五秒ほど経ったあと、

「もしもし……はい……そうですか！　よかったです……今部室です……はい、また……」

そこで通話を切った。

「どうだった⁉」

「玲奈先輩にかけてみたら、今みんな少女像の前にいるらしいわ。怪我もなくて無事だって」

それを聞いた瞬間、俺は安堵感に体から力が抜けて椅子の背もたれにどっぷりと全身を預けた。

——よかったぁ……どうにかこうにかみんなを助けられたみたいだな。

自身の勝利で怪現象が終わると踏んでいたリョウだけは混乱したように疑問顔だったが、俺と羽柴の落ち着いた様子から状況を悟ったのだろう、抱きついたままの楓先生の体をギュッと抱き返し、心底安心したようにくしゃりと微笑んだ。

万事解決したところで、俺は時計を見た。投票会議はまだ二分ほど時間が残っている。

俺は熟考するまでもなく目の前の用紙に〝白ノ瀬澪〟と書いてそのまま投票箱に入れた。

そのことに気づいたリョウが楓先生から離れてテーブルに身を乗り出してくる。

「おい⁉　話と違うじゃないかっ！」

「元々嘘をつくゲームだしな。みすみすお前に勝ちを譲るわけがないだろ」

これで『悪魔』のリョウは失格になって生き残りは俺と羽柴だけになり、あとはクリアしたお題の数で競うことになる。この状況下で羽柴がお題をクリアしているとは思えないから俺の勝ちは揺るぎない。

「話の流れ的にオレに勝たせる場面だろうがっ」

「報酬が懸かってるのに流れもくそもあるか」

「この現金野郎っ！」

「やいやい言うな。心置きなく素を出せるようになったんだから良いだろ。やっぱり俺も今のお前のほうが好きだぞ」

宥めると、なぜかリョウ含めるみんなが一斉にこちらを向いて目を瞠った。

遅れて告白っぽい言葉になっていたことに気づき、「今のは友人って意味で恋愛の意味じゃない」と素早く訂正するが、みんなの顔色は一向に変わらない。

何をそんなに驚くことが……。

「やっぱり私を捨てるんだね」

突如、そんな言葉とともに背後から伸びてきた両手が俺の胸のまえで交差して体を包み込む。

「遠也（とおや）くんを他の誰かに取られるのは耐えられないから――」

耳元で艶っぽい声が聞こえた。

「〝消した〟」

終章
Final chapter

眼前に広がる巨大水槽。薄暗い室内に浮かぶ青々とした光景の中には多種多様の魚が優雅に泳いでおり、その迫力満点の美しさは来客者の足を止めさせる。

「――見て見て遠也くん、ジンベエザメだよ！　おっきいな〜、すっごいな〜」

隣で観賞している先輩も語彙力が下がるほど魅了された様子だ。

その感想は俺も同じだったが、「そうですね……」とどこか気のない返事になってしまう。

せっかくの水族館デートで嬉しいはずなのに、心に募るのはモヤモヤ感ばかり。

それもこれも二日前の演劇部ゲームのせいだ。

思考は現実から過去に飛ぶ。

最後の投票会議が終わったあと、クラスメイトたちが帰り、失格になった部員たちが部室に戻ったところで、リョウはみんなに謝罪した。

自分の弱気な心が今回の怪現象を引き起こしたこと、それを隠してみんなを恐怖と混乱に陥れたことを戦々恐々とした様子で打ち明けた。

それに対しての部員たちの反応は言うまでもない。リョウに悪気がなかったのはその態度で誰もが理解したのだろう、俺や羽柴が擁護するまでもなく許して励ました。

リョウと先輩の三人で帰ったときに聞いたことだが、少女像に祈った内容は〝演劇部ゲームで勝って部員に認められたい〟というものだったらしい。素の性格を受け入れてもらうため、演劇部員としての自身の価値を見せつけて必要とされれば本性を知られても除け者扱いされないと考えたようで、みんなで羽柴のために祈る際に思わず願ってしまったとのこと。

ちなみに配役カードを見せてもらったところ、お題は以下の内容だった。

1日目、幼馴染に〝好き〟と言ってもらう。

2日目、幼馴染の仕事を手伝う。

3日目、球技大会で優勝する。

4日目、幼馴染に自分の仕事を手伝ってもらう。

5日目、幼馴染を喜ばせる。

あれだけ俺に関わってくるなと言っていたくせに自分から絡んできたのはこのせいだ。俺のことをしつこく監視してきたのも『悪魔』だと疑っているわけじゃなく、反対に俺が『悪魔』に消されないよう見守っていたそうだ。俺が消えてしまえばお題をクリアできなくなってしまうから。

後々これを考えたのは姉貴だと分かり、俺たちがいつまでも他人行儀でいるのを傍から見ていて気持ち悪かったと感じたことが理由らしい。幼馴染であることを隠したがっていたリョウにはかなりキツかっただろう。説明会の時に妙に慌てていた様子だったのも納得だ。

そんな感じで、リョウに関してのことはいい。

俺が納得いかないのは、先輩が『悪魔』だったことだ。

最後の投票会議で突然現れた先輩は俺を消し、そのままリョウに投票して、生き残りの『生徒』である羽柴と同数になったことで勝利を収めた。

意外な結末にもちろん度肝を抜かれたが、そのあとリョウの件があったから詳しい話を聞けず、昨日先輩にメッセージを送ったら明日の水族館で話すと言われたため、今でも有耶無耶でここ二日間は蟠りの日々を過ごす羽目になったのだ。

先輩が俺の顔を覗き込んで意地悪な笑みを浮かべてくる。

「遠也くん、なんか暗いね。もしかして私と二人きりじゃないから拗ねてるのかな？」

その言葉どおり、少し離れたところにリョウたち他の演劇部員と楓先生の姿もある。

先輩は勝者となって俺とのデート費用を先生に肩代わりさせるという報酬を得たが、即座に断った。当然ながら怪現象のせいでまともにゲームをできなかったというのが理由だ。

他のみんなは怪現象を解決してくれた感謝の気持ちとして受け取ってほしいと言ったが、初めの時から正々堂々の勝負にこだわっていた先輩が首を縦に振ることはなかった。

そんな中、怪現象の記憶がないらしい楓先生だけは不思議がりながらもリョウの謝罪や部員たちの様子で何かあったことだけは察したらしく、「だったらみんなでどこかに出掛けましょう！」という案を出した。

そして選んだのが水族館。別々に行動しているのは俺たちに気を遣ってくれているのだろう。

「……先輩、俺が何を思ってるか分かって言ってますよね」

「んー、なんだろう？」

俺が目を細めるとクスッと笑う。

「うそうそ。一緒にデートを楽しむためにもちゃんと話さなきゃね」

先輩は水槽のほうに視線を戻すと、経緯を思い出すように少しだけ黙考して、

「分かりやすいように私の視点で話そうかな。

まずは、ゲーム二日目の公園で状況説明した時からだね。

私は違うことを祈ったと誰も名乗り出ない時点で、祈り者には人に言えない何かがあると思ったんだ。祈り者の隠しごとと目的が何なのか分からない以上、万が一それが悪いモノだった場合に備えてプレイヤーを即失格にできる『悪魔』の力は必要だと秘匿することに決めたの。みんなのことを疑いたくはなかったけど、すでに志穂ちゃんが消失していたから慎重にならざるを得なかった。もちろんあの場で『悪魔』に対して恐怖を抱くようなら素直に話してたけどそうはならなかったからね」

たしかにその時はまだ失格者は志穂先輩だけで原因は投票だ。あの時点では好き好んで『悪魔』の力を使う人間がいるなんて誰もが思ってなかったから、わざわざ打ち明ける必要はない。

「そしてゲーム三日目の球技大会。
あれは11時を過ぎたあたりだったかな。深月ちゃんからスマホのメッセージが届いたの。『二人きりで話がしたい。一人になれる時間を教えてほしい』ってね。私は自分が『悪魔』だから別段警戒せずに承諾して、玲奈が試合でいない時を指定した。だけど思ってたよりも試合の進みが早くて、その時間すでに玲奈は試合を終えていたからお手洗いに行くって嘘をついてテニスコートを離れたの。ちょうど待ち合わせ場所もその付近だったからね」

「……なるほど。深月先輩が校舎のほうに向かったのは先輩に会うためだったんですね」

体育館とテニスコートは距離があって時間的に先輩が深月先輩に会うのは不可能だと思っていたが、実際は逆で、深月先輩が先輩の元に行ったわけだ。

そう考えると、夢先輩が付いてきたのは誤算だったのだろう。だからトイレに行くと嘘をつき、途中で用事ができたとさらに嘘を重ねて強引に別れたのか。

「それで深月ちゃんは開口一番にこう言ったの。『志穂を助けたいです。だけど自分の力だけでは無理だから茜先輩の力を貸してほしいです』って素の性格で。あと一回注意を受ければ失格になる状況の中、自らを危険に晒す行為で本当のことなんだと思った。だから信じて祈り者や深い悩みが関係あることをすべて話したの」

先輩と二人きりで会おうとした時点で、深月先輩は部員の中に違うことを祈った人間がいると睨んでいたのだ。その証拠に体育館で競技のあった部員たちに会話をしに行っている。俺と同じく祈り者の情報を得ようとしたのだろう。しかし何も発見できなかったため怪現象の経験者で自分が一番尊敬している先輩に助力を求めた。

「すると深月ちゃんは何かに気づいたように慌てた様子で、深い悩みを抱えた部員に心当たりがあるって言ったの。誰なのかを訊くと『羽柴くん』って答えたんだ」

「……ああ」

だんだんと俺の中で辻褄が合っていく。

だが余計な口は挟まずに先輩の話を聞くことにした。

「でもそれ以外のことについては聞けなかった。深月ちゃんが続けて『そもそもこのゲーム自体が羽柴くんの……』って言った瞬間、楓先生が現れて……そこで深月ちゃんは失格になった」

羽柴の秘密は演劇部ゲームに関係しているから、話せば〝投票会議以外でのゲームに関する言及〟の禁止事項に触れる。先輩たちと同様これまでの反則が蓄積されていて全てを伝えきる前に注意を受けてしまったのか。

これで深月先輩の失格の謎は解けたが、新たな疑問が生まれる。

「どうして先輩は投票会議でそのことを言わなかったんですか？」

正直に話していれば無用な争いを避けられたはずだ。

先輩もあの時の状況を思い出したのか、少しだけ顔色を曇らせる。

「深月ちゃんの情報から、羽柴くんが関係しているのは明らかだったから反応を窺いたかったの。もし羽柴くんが祈り者であるなら、きっとこの異常事態に対して何かしらのリアクションを取ると思ったんだ」

たしかに『悪魔』ではない祈り者からしても深月先輩の失格は想定外だったはず。禁止事項を破った可能性は大だが、一方で『悪魔』に消された可能性について疑うのは当然の心理だ。

「一番は名乗り出てくれることを期待してたんだけどね……残念ながら断定に至るほどの様子は見られなかった。そうしている間に白ノ瀬ちゃんが『悪魔』捜しを始めた。今さら話せば確実に私に投票されると思って最後まで言い出せなかったの。……みんなの不安を煽った挙げ句に夢ちゃんを見捨てる形になって本当に申し訳なく思ったよ」

「しょうがないですよ。あの場で先輩が失格になっていたら怪現象も終わってなかったわけですから正しい判断だったと思います。そもそも他人を疑いはじめたリョウが悪いんです」

俺は最後の最後であれを演技だと判断したが、それは間違いで、ゲームに勝たなくてはいけないあいつは偽りなく『悪魔』に怯えていたのだ。

先輩はふるふると首を振って「白ノ瀬ちゃんはみんなを助けるために必死だっただけだからそれこそ仕方ないよ」とフォローしたあと、続きを話す。

「それでゲーム四日目ね。

前日の投票会議で何も得られなかった私は、深月ちゃんが羽柴くんの一体何を伝えようとしていたのかずっと考えたけど、答えは一向に思い浮かばなかった。深月ちゃんが知っていたことから他の部員も知っているかもとは思ったけど、ゲームに関する話なら聞き出せないし、本人がいる投票会議では話せない。そんな迷っていた時だった。図書室で玲奈が私をお手洗いに誘った件を覚えてるかな？」

「はい。自分の髪型について感想を語り合いたいから付いてきてってやつですよね。引き換えにリョウと他の部員の情報をやるって」

「そう。意地でも私を連れ出そうとしていることが引っ掛かって、あれがただの演技から出た言葉じゃないと思ったんだ。なにか伝えたいことがあるんだろうって。予想は当たっていて、お手洗いに入ってすぐに玲奈が真剣な顔つきで『茜に託す。何が聞きたい？』って言ったの」

つまり玲奈先輩は先輩の心を見抜いていて、初めから失格を辞さないつもりだったのか。

そう考えれば、そのことを朝ではなく昼休みに伝えたのも、自分がいなくなる前に前回の投票会議で不安や罪悪感を抱くリョウと羽柴を安心させたかったのだと分かる。

「玲奈の意志を受け取った私は、羽柴くんのことについて訊ねた。玲奈はすぐに話し始めて一度目の注意で楓先生が現れても動じずに、二度目の注意を受けるまで言葉を止めないで教えてくれた。おかげで私は羽柴くんの深い悩みと演劇部ゲームの目的を知れたんだ」

詰まるところ、深月先輩も玲奈先輩も禁止事項を破っての失格で、『悪魔』が消した人間は俺一人だったわけだ。最後の投票会議で間違った推理を自信ありげに話した自分が恥ずかしい。

ミステリー小説の読みすぎだった。

「私は羽柴くんが祈り者だと判断して、次はどうやってその悩みを解決するか考えた。羽柴くんの悩みは周りの人が素の自分を受け入れてくれるかどうか。私の怪現象の時と同じで多数の生徒の励ましが必要になることは分かったけど、その状況に持っていくまでの具体的な方法をすぐには思いつけなかった。そして良い解決策が見つからないまま放課後になったときに遠也くんからメッセージが届いたんだ」

ホームルームが長引いた件と図書委員の新刊運搬の件だ。

「私はそれを好機だと思った。玲奈が失格になった以上きっと前日と同じように白ノ瀬ちゃんが『悪魔』捜しを始めて失格者は免れない。一年生は昼休みに固まって行動していたアリバイがあったから疑われるのは私か円になる。深月ちゃんと玲奈が身命を賭して託してくれた祈り者の情報と『悪魔』の力を持っている私は失格になるわけにはいかなかった。だから投票会議が始まってすぐに今まで私が得た情報を円に話したの」

あのとき先輩たちは疑い合いではなく協力するための話し合いをしていたのか。

「暗に失格の身代わりをしてほしいって言ってるにもかかわらず、円は二つ返事で了承してくれた。さらには今後のことを考えて『悪魔』のフリまで買って出てくれたの」

やはり円先輩のあれは演技だったか。即興であそこまで狂人さを醸し出せるなんてさすがだ。

「そういう経緯があったから、その日の帰り道で羽柴が祈り者だって俺に伝えたんですね」

「うん。間違っていることを堂々とね」

そう自虐的に笑う。

たしかにあれだけ確信した様子だったのに、次の日になって急に意見が変わったから驚いたものだ。何があってリョウが本当の祈り者だと気づいたのか。

俺がそのことを質問するまえに、先輩は説明を続ける。

「ゲーム最終日。

羽柴くんの悩みを解決するには私一人の力じゃとても無理だと思って、羽柴くんの秘密を知っている白ノ瀬ちゃんに協力を得ようと一年B組を訪ねた。すると白ノ瀬ちゃんは教室にいて羽柴くんはまだ登校していない絶好の機会だったんだけど、何やら白ノ瀬ちゃんが悩ましげな表情をしながら自分の机を凝視してたの。どうしたのかなって思って背後からこっそり覗くと、机の上にはなぜか蓋の開いた弁当箱が置かれてあったんだ。ハートマークの目立った弁当」

俺に渡してきた愛妻風のやつか。

「疑問に思っている間にも、私の存在に気づいた白ノ瀬ちゃんが椅子から立ち上がって物凄く警戒してきた。誤解であることを伝えたけど聞く耳を持ってくれなくて……そんな状態で協力を仰ぐのは無理だと一旦諦めることにして、話を逸らす意味でも弁当のことを訊いたの。そしたら白ノ瀬ちゃんは顔を赤く染めて『べつにわたしが藤城くんに何をあげようと夕凪先輩には関係ないでしょ！』って言ったんだ。

私は違和感を覚えた。演技をしないといけないとはいえ、わざわざ手の込んだ弁当を作る必要性があるのかなって。それに遠也くんの話から二人はそういう仲でないって知ってたから考えられる理由はお題しかなかった。そしてこんな状況の中でお題をクリアしようとする行動が怪しく見えて、羽柴くんが祈り者っていう自分の推測に疑問を持ちはじめたの」

リョウがわざわざ俺に弁当を作ったのは〝幼馴染を喜ばせる〟というお題のためだ。前日の図書室のカウンター業務を手伝った時にしつこく俺が喜ぶことについて訊ねてきたから間違いない。詰まるところ、弁当の中身が崩れていないか何かの理由で確認していたときに先輩がやってきたわけだ。

「白ノ瀬ちゃんが祈り者である可能性を考えたとき、白ノ瀬ちゃんについて語っていた遠也くんの言葉を思い出したんだ。白ノ瀬ちゃんに何かしらの悩みがあることと普段は猫を被っていること。その状況はとても羽柴くんの秘密と似通っていて、もし本当に同じ悩みを抱えているとすれば、演劇部ゲームが開催されるきっかけになった羽柴くんの告白に影響されて少女像に祈ったんじゃないかって思ったの」

「なるほど……そして下駄箱での騒動に繋がるわけですね」

「うん。そのことを話すまえに白ノ瀬ちゃんに阻止された。せめて前日の私の推理が間違っていることだけは知らせようと咄嗟に作り話を考えたんだけど、ちゃんと伝わってたかな？」

「はい。でも正直に言えば混乱しました……」

羽柴が祈り者という推理が間違いなら、残りはリョウしかいない。俺はリョウが祈り者だと毛ほども疑っていなかったから理解が追いつかなかった。

「やっぱりそうだよね……そのあとも伝えようと何度も陰から機会を窺ったんだけど、白ノ瀬ちゃんの警戒が凄まじくて話す隙を見つけられなかった。だから口頭は諦めて手紙やスマホのメッセージで伝えようとも考えたけど、もし見られた場合を考えたら迂闊に手を出せなくてね。そうやって方法を模索していたとき、手元にあったミステリー小説を見て思いついたの。本に書かれた文字を利用して伝えればいいんだって」

「それで文字に丸をして、そのページ数に行き着くよう数字の語呂合わせを使ったんですね」

「そう。直近でその話をしてたから気づいてくれると思ったんだ。文面は万が一白ノ瀬ちゃんに気づかれた場合を危惧して疑問形にした。羽柴くんが祈り者でないのは今朝の言葉で伝わっていて、遠也くんは白ノ瀬ちゃんの悩みをすでに知っている。ゲームの目的さえ分かれば自ずと真相にたどり着くと思ったの」

あの伝え方は慎重に慎重を重ねた結果だったわけだ。

「あとは渡すだけだったけど、ただ渡しただけじゃ私の意図に気づかないかもしれない。でも何かリアクションを取れば白ノ瀬ちゃんに感づかれてしまう。考えた末、『悪魔』に消された体を装うことにした。そうすれば最期にこの本を持っていたことに違和感を抱いてそこから伝言を見つけ出してくれると思ったんだ。それと白ノ瀬ちゃんにあそこまで疑われていた以上、投票会議で『悪魔』と見なされるのは決まっていたから『悪魔』捜しで悩みを解決する時間を取られたくなかったってのも一つの理由かな」

「よくあの状況でそこまで頭が回りましたね。俺なんて目の前の物事だけで精一杯でしたよ」

「私も超必死だったよ。とにかく投票会議まで時間がなかったからね。

それで、次に本の届け方について考えた。『悪魔』の奇襲を装うなら床に落とすのがそれらしいと思ったけど、無関係の人が拾えば計画がおじゃんになるし、だからといって遠也くんが通ったタイミングを見計らって置くのは難しい。確実に遠也くんの手元にいく方法を悩んでたら、ちょうど廊下を歩いていた深森ちゃんを見つけたの」

「あー……それで俺に届けるように頼んだんですね」

「うん。よく一緒に過ごしてるっていうことを一日目に聞いてたからね。普段から仲の良い人が渡せば白ノ瀬ちゃんが怪しむこともないだろうって迷わず声をかけたの。そしたらなぜか怯えられて……」

「ああ、あいつは年上が苦手なんですよ。理由は知りませんけど」

「そうなんだ。じゃあ酷いことしちゃったな……。でもその時は構っていられずに、本が廊下に落ちていたと遠也くんに伝えて手渡すことと夕凪茜という人物を忘れたフリをしてほしいって頼んだ……もとい脅した、が正しいかな」

だからあんなに泣きじゃくっていたのか。先輩のヤンデレは俺でも恐怖を感じるから深森にしてみれば相当に怖かっただろう。球技大会をサボった罰が当たったな。

「深森ちゃんに託したあとは、すぐに三年生の階に戻ってみんなにも協力を仰いだ。私が失格になったことを知った遠也くんが本当かどうか確かめるために私のクラスを訪ねてくることは予想できたからね」

　俺たちはこれまでに幾度も失格を目の当たりにしていたから数人の話を聞いただけで先輩の失格を事実と受け取ってしまった。先輩の交友の広さを舐めてたな。

「あとは遠也くんを信じてずっと陰から見守ってたよ。私の経緯はそんなところだね」

　要するに志穂先輩が消失した時点で、全員が全員、怪現象を終わらせるために動いていたんだ。

　ようやく謎がすべて解けたが、俺の心は依然スッキリとしない。

「先輩の動きは分かりましたけど、『悪魔』だったことや失格を装ったことは教えてくれてもよかったんじゃないんですか。昼休みの後半はリョウの監視が外れていたわけですし」

「慎重を期した結果だよ。もし白ノ瀬ちゃんにバレたら余計に疑われるでしょ。とくに遠也くんは顔に出やすいタイプだからね」

「そ、それは否定できませんけど……じゃあ投票会議が始まる前から部室の物陰に隠れてたのは俺を消すためじゃなかったんですか？」

「まさかまさか。白ノ瀬ちゃんが祈り者っていうのはすべて私の憶測でしかなかったから、もしものことに備えて待機してただけだよ。遠也くんを消したのはその場のノリ的な」

「ノリって……勝ち誇っていた俺の気持ちはズタボロなんですが……」

「ふふっ、ごめんね。……でもそれを言うなら遠也くんだって、あんなに可愛い幼馴染がいたことを今まで黙ってたんだからお互い様じゃない？」

そう言って疑惑の目を向けてくる。ヤンデレ先輩を垣間見た気がした。

「リョウはただの幼馴染で、そういう特別な関係性はこれっぽっちもありません！」

「ほんとかなぁ。最後の投票会議で好きみたいなこと言ってなかった？　あと同じ高校に入学して仲良くしようとしてたみたいだし」

「友人としてです！　信じてください！」

「どうだか」

どうすれば理解してもらえるか悩んでいたところ。

「二人とも！　イルカショーが始まってるみたいだから一緒に見に行こうぜ……って、二人してそんな真面目な顔してどうしたんだ？　なんか揉めごとか？」

もう素を隠さなくてよくなった上機嫌なリョウがナイスタイミングにやってきた。

「リョウ、ちょうどいいところに来た！　先輩が俺たちの仲を疑ってくるんだ。お前からもただの幼馴染だってことを証明してくれ」

「ああ、なんだそんなことか。夕凪先輩、安心してくれ。オレは遠也に対して恋愛感情は一切ない。二人の仲にお邪魔する気は………」

　なぜかそこまで言ってから急に言葉を止めた。

「リョウ？」

「……やっぱり隠しごとはもうしたくないな」

　独り呟くように言うと、俺の顔を真正面から見る。真剣ながらどこか緊張した面持ちで薄らと頬が赤らんでいる。

「あ、あのな遠也。お前には色々と助けてもらって感謝してるっていうか、オレのために必死で行動してくれて嬉しかったっていうか……」

「お、おい」

「そんなお前に嘘をついたままは嫌だから、こ、この機会に伝えることにするなっ」

「い、一旦落ち着け。ここではちょっと……」

　——冗談だろ⁉　あのリョウが俺のことを……！

　とんでもない展開に戸惑っている間にも、リョウは先輩の前に進み出て………先輩の前？

「相談に乗ってくれた時から好きです。オレとも付き合ってください！」

　ギュッと先輩の両手を握りながら愛の告白をした。

「………は？」

　予想していた流れとはだいぶ違って思わず呆けてしまう。先輩も少し驚きに目を瞠っている。

「……おい待て。さっきの思わせぶりな発言は何だったんだ……？」

リョウはくるっと顔だけをこちらに向けて眉をひそめる。

「何って、そりゃ世話になったお前に黙ってるのは不義理だと思って、先に断りを入れたに決まってるだろ」

「紛らわしいんだよ！」

「なんだよ、まさかオレがお前に告白するとでも思ったのか？」

「ち、違ぇよ！　つーか了承してねぇし、先輩には俺という彼氏がいるから諦めろ！」

「こんなに素敵な人を独り占めするなんてズルいぞ！　オレだって夕凪先輩とイチャコラしたい！　――――夕凪先輩！　オレ女だけど本気で愛してるんだ。だからどうかお願いします！」

こちらの言葉なんて無視して甘えるように先輩に寄りすがる。

対して先輩はニコッと優しく微笑んだ。

「友達からね」

「それって何れは脈アリってことか！　やったぁ！」

「先輩⁉　ちゃんと断ってくださいよ！」

「好意を抱いてくれてるのは純粋に嬉しいし、仲良くなりたいのは本当だからね」

「こいつの仲良くなりたいはガチのやつですよ！」

「そのときは新しい扉を開いちゃおうかな。それとも三人で付き合っちゃう？　両手に花だよ」

「両手に花だぞ〜」

「その気は全然ないくせに嘘つくな！　先輩も俺を試すような発言はやめてくだ……」

「三人とも、どうしたの？　他のみんなはもうショーに行っちゃったわよ」

背後からの声に振り返ると、いつの間にやら羽柴がやってきていた。

「聞いてくれよ、羽柴。俺という彼氏がいるのを知りながらリョウが先輩に告ったんだ」

「白ノ瀬さんが夕凪先輩に告白⁉　……そう…………」

なにやら真剣な顔で黙り込む。

「羽柴？」

「……そうね。アタシも白ノ瀬さんの勇気を見習わないとね」

そして俺の手をガシッと握ってきた。

「え？」

「藤城くん。一昨日、学校の屋上で話したじゃない。その……あの時のあなた幼馴染の白ノ瀬さんを助けるために一生懸命で、その姿がまるで少女漫画に登場する王子様のようにカッコ良くてアタシの心が痺れたの。前にも感じたことのある熱い血潮が全身を駆け巡る感覚。この激しい感情の出どころはアレしか考えられない」

一呼吸おいてから。

「アタシとも付き合ってください！　もちろん夕凪(ゆうなぎ)先輩がいるから二番目でも構わないわ！」

「…………」

唐突な出来事に固まっていると、先輩とリョウが両側から「どうするのどうするの？」とでも言いたげにニヤニヤしてくる。

結局のところ、タイムリーすぎる話題にこう答えるしかなかった。

「友達からな」

あとがき

どうも、浅白深也です。この度は本書をお手にとっていただき、誠にありがとうございます。久しぶりのあとがきです。前作ではページ数の兼ね合いで書けなかったので、今回のシリーズ制作について少しだけお話を。

今作シリーズに共通しているのは、悩みを抱えた高校生の祈りが不思議な現象を巻き起こす青春モノということで、まず華やかな学校生活を舞台にした物語を書きたいという突発的な意気込みから創作を始めました。

私は物語を作るときに自身の感情や経験をもとに話を膨らませていくタイプなので、アイデアを探して十年以上前の学生時代を思い返してみたわけですが。

浮かんできたのは青春とは程遠い地味なものばかりでした。ただただ勉強と部活を繰り返す毎日。これでは心躍るような明るいストーリーを深く表現できず面白さを伝えられません。

悩んだ末、反対の感情なら人一倍強く感じていたことを思い出し、学校での悩みに主眼を置いたことが物語制作のきっかけとなりました。

そして今作は、素の自分に対する想いをテーマにするとともに、それだけでは娯楽本として成り立たなくなってしまうのでミステリー色を加えてみました。

前作『優しい嘘と、かりそめの君』の続編に当たる話にはなっておりますが、前作を読んでいない方でも（もちろん読んでいる方はより一層）楽しめる内容にするべく工夫して書きました。怪現象に翻弄されていく少年少女たちの生き様を見て共感したり、隠された真相に驚いたりしていただけたなら幸甚です。

また、Ｗｅｂ小説サイト『カクヨム』でも作品を公開しているのでお時間がある方はそちらもぜひご一読いただけると大変嬉しいです！　(https://kakuyomu.jp/users/asasiro/works)

謝辞です。

担当編集様。丁寧な改稿相談はもちろんのこと、今作刊行に当たっての様々なトラブルに際しましても迅速に対応していただき、とても助かりました。まだまだ未熟者のためご迷惑をおかけすることが多々あると思いますが、これからもよろしくお願いいたします。

イラストレーターのあろあ様。前作に続き、イラストを担当していただきありがとうございました！　また今回ミステリーという関係上多くの登場人物（加えて演劇姿）を個性豊かに描き分けていただけたおかげで、私の未熟な文章力でも場面の情景がすんなりと想像できるようになって非常に助かりました。個人的に、表紙の茜の『しぃー』の仕草が可愛くて好きです。

最後になりましたが、本書を読んでくださった読者の皆様に深い感謝を。

次回は新作でお会いしましょう。

浅白深也

本書に対するご意見、ご感想をお寄せください。

ファンレターあて先
〒 102-8177　東京都千代田区富士見 2-13-3
電撃文庫編集部
「浅白深也先生」係
「あろあ先生」係

本書は書き下ろしです。

電撃文庫

偽りの仮面と、絵空事の君

浅白深也

2025年1月10日　初版発行

発行者　山下直久
発行　株式会社KADOKAWA
〒102-8177　東京都千代田区富士見2-13-3
0570-002-301（ナビダイヤル）
装丁者　荻窪裕司（META＋MANIERA）
印刷　株式会社暁印刷
製本　株式会社暁印刷

●お問い合わせ
https://www.kadokawa.co.jp/（「お問い合わせ」へお進みください）
※内容によっては、お答えできない場合があります。
※サポートは日本国内のみとさせていただきます。
※Japanese text only

※定価はカバーに表示してあります。

ISBN978-4-04-916063-5　C0193　Printed in Japan

電撃文庫　https://dengekibunko.jp/